AF612919

# *El cazador de piratas, la travesía de Elena*

Jesica Sabrina Canto

# El cazador de piratas, la travesía de Elena

ENIGMA EDITORES

*La escritura es un enigma*
*que aroma el salvaje misterio*

Canto, Jesica Sabrina
El cazador de piratas, la travesía de Elena / Jesica Sabrina Canto. - 2a ed . - CABA: Enigma Editores, 2019.
290 p. ; 21 x 14,8 cm
ISBN 978-987-4939-24-1
1. Narrativa Argentina. 2. Novela historica. I. Título.
CDD A863

Contacto con la autora:
jesicasabrinacanto@gmail.com

Edición y maquetación: Jesica Sabrina Canto
Diseño de portada: Alessandra Ferrazzano Pescara

Enigma Editores: www.enigmaeditores.com.ar
enigmaeditores@yahoo.com.ar

ISBN: 978-987-4939-24-1
Hecho el depósito que marca la ley 11.723

**El arte más poderoso de la vida, es hacer del dolor un talismán que cura, una mariposa renace florecida en fiesta de colores.**

Frida Kahlo

## ~~ Prólogo ~~

—No... —Elena buscó qué decir, no quería que pensaran que estaba allí por un romance—. ¡¿No creéis que tenga motivos suficientes para desear ver muertos a los piratas?! —su voz sonó grave y fuerte, como si estuviera enojada.

No estaba mintiendo, se dio cuenta al pronunciar las palabras. Se quedó petrificada mirando al mar por el ojo de buey. No había sido la venganza lo que la llevó a pedirle a Ismael embarcarse: en aquel momento sólo pensaba en saber qué había sido de la vida de su madre. Pero, al ser parte de la tripulación, comenzaba a ver las cosas de manera diferente.

Los piratas seguían torturándola por las noches al cerrar los ojos, le habían quitado todo. Sí, deseaba que murieran. Y deseaba ser testigo de ello.

## ~~ 1 ~~

Las mujeres levantaron sus rostros al escuchar los pasos que se acercaban por el pasillo. Uno de los piratas se acercaba pisando con sonoridad sobre los tablones de madera, rascándose la panza con una mano mugrienta, mientras que con la otra aferraba el brazo de la muchacha que había sacado de la celda unas horas antes. Elena observó a Estefanía; las lágrimas corrían por su rostro, las piernas le temblaban. El pirata abrió la reja y la arrojó adentro sin delicadeza. La joven trastabilló y cayó al piso apoyada sobre las rodillas y las manos. Las otras mujeres pudieron ver sangre surcándole la espalda, brotando de las heridas producidas con seguridad por un látigo.

Elena se acercó a ella y la ayudó a moverse hasta sentarla cerca de una de las paredes. Arrancó un trozo de su falda y con mucho cuidado fue limpiando la sangre.

**

Había caído el sol cuando los gritos comenzaron a escucharse. El barco se sacudió de forma violenta. El retumbar de pasos acelerados en la cubierta llegaba hasta la parte inferior, hasta la celda. Sus ocupantes no habían tenido más opción que acostumbrarse a la pestilencia y al frío petrificador de las noches. Ya no se alteraban al ver a un roedor junto a las paredes o al escuchar los chillidos. Eran los gritos y risas de los piratas lo que las hacía temblar.

—¿Qué estará pasando? —preguntó Estefanía, la más joven allí—. ¿Estarán atacando otro barco?

—Pareciera —respondió otra, mirando hacia el pasillo, como si alguien estuviera al acecho.

—O quizás estén borrachos —señaló en tono burlón una de las prisioneras que estaba recostada en una esquina arañando la pared con las uñas.

No sabían su nombre. Era la que llevaba más tiempo allí, aunque la cantidad de años sólo podían fabularlos. En ocasiones reía de forma estridente en medio de la noche o hacía alboroto llamando a los piratas, lo que obligaba a las demás a sujetarla y taparle la boca. Jamás respondía preguntas y era incapaz de mantener una conversación coherente, ni siquiera en las ocasiones en que la escuchaban hablar sola sin dirigirse a nadie. Elena la miraba con desprecio mientras acariciaba la espalda de Estefanía, de manera suave, con apenas la yema de los dedos, esquivando las líneas rojas que aún no cicatrizaban. La muchacha se estremeció a causa de los ruidos, se abrazó las piernas y hundió su rostro entre ellas como si de esa manera pudiera refugiarse de lo que estuviera ocurriendo arriba. Eran seis en la celda, y a ninguna le agradaba la idea de ver bajar a un grupo de piratas borrachos.

Los ruidos ya no eran sólo gritos, las prisioneras comenzaron a distinguir disparos y el entrechocar de espadas. Aunque no disfrutaban de esas situaciones, estaban habituadas a ellas. No había espacio en sus pensamientos para la esperanza.

Las más nuevas temblaban y se abrazaban el cuerpo. Estefanía lloraba aumentando la desolación del ambiente, que las rejas de hierro hacían imposible olvidar. Elena se quitó la cadena que llevaba en el cuello y le ofreció que rezaran juntas. La cruz, ahora en sus manos, era lo único en aquel espacio que conservaba su esplendor. Como un destello de luz para quienes no podían ver, aquel metal puro era un recuerdo de la libertad perdida. Estaba segura de que el único motivo por el que le habían permitido conservarla era por el placer añadido que les provocaba que colgara de su cuello, sobre su cuerpo desnudo, cuando ellos la violaban.

Tenía una marca en el pecho de una ocasión en que la habían aprisionado contra la pared; la cruz había quedado transversal y su borde le había cortado la piel. El pirata le hablaba, balbuceaba frases, le hacía promesas, pero ella no podía creerlas, ni encontrar ningún rasgo de humanidad en aquellos hombres.

Sentada en el piso de la celda junto a Estefanía, luchaba por mantener sus emociones bajo control. Los ruidos de la superficie se hacían cada vez más fuertes y acuciantes; su enojo también aumentaba. Debía serenarse, un ataque de ira sólo serviría para alterar aún más al resto de las prisioneras e incrementar el dolor en su estómago causado por los nervios.

Rezaba en voz alta, con los ojos cerrados esperando, no que sus plegarias fueran escuchadas sino, tan sólo encontrar consuelo en su propia voz. Sentía la garganta áspera hacía tiempo; imposible llevar la cuenta de los días entre esas paredes enmohecidas. El sonido de sus propias palabras le servía de espejo; las plegarias le traían las imágenes alegres de su infancia; la cruz, que le había sido dada junto con la tarea de cuidar de otros, le otorgaba un propósito con el cual consolarse.

—Buenas noches, señoritas —dijo de pronto una voz masculina.

Elena alzó la vista. Parado al otro lado de la reja había un hombre al que no había visto antes. En aquella penumbra, con la luz casi extinta de la lámpara de aceite, poco podía distinguir de su apariencia. Llevaba una camisa blanca y una chaqueta oscura, su rostro estaba limpio y la dentadura completa. Su voz amable había sido apenas un tablón de madera flotando a la deriva en el mar, una ironía a la precaria situación en la que se encontraban. La mayoría de las mujeres se pusieron de pie, temerosas y esperanzadas, mientras la embarcación se sacudía cada vez con mayor vehemencia. Apoyadas contra las paredes y sosteniéndose unas a otras se fueron acercando, implorando en su interior que el desconocido fuera su salvador. Elena lo evaluaba con detenimiento, pensando cuál sería el precio a pagar por una vida fuera de aquel encierro. Se acercó junto a las demás, llevando de la mano a la muchacha que hacía un instante lloraba acurrucada en el piso. Tuvo que esforzarse para que la acompañara; no quería levantarse, parecía perdida en su propio mundo interno.

—Vamos, Estefanía, levantaos.

Elena se arrodilló frente a la muchacha, le descruzó los brazos y la obligó a que la mirara.

—Nos sacarán de aquí —le hablaba cerca del rostro, forzando su voz para que pudiera escucharla por sobre los ruidos del exterior—. Quieren ayudarnos. Por favor, Estefanía.

Logró que se levantara tirando de sus brazos. Presa de la adrenalina, sabiendo que esa sería su única oportunidad de escapar, no se percató de que la cadena con la cruz había caído al suelo.

—¡Son mías!

El grito de un pirata, que se acercaba corriendo, retumbó en el pequeño espacio donde se encontraban. Llevaba una espada salpicada de sangre en alto, olía a vino y mascaba con la boca abierta dejando a la vista los dientes podridos como un conejo muerto. Sus ropas estaban manchadas y sus manos mugrientas. Escupió y se restregó los dedos por las mejillas y la barba, mientras se tambaleaba con cada paso que daba. Les sonreía de manera torcida, una expresión que conocían, que solían ver cuando pensaba entretenerse con ellas.

Las mujeres se estremecieron y retrocedieron de modo instintivo. La esperanza de su rescate se desvaneció. Estaban débiles, y cada empujón del mar contra el casco del barco las arrojaba al suelo. Aquel rostro con ojos saltones les producía asco y vergüenza. No podían apartar de sus mentes la voz gangosa que les ordenaba en qué posición debían ponerse, ni los gritos y golpes que profería si por accidente le rozaban su parte más sensible con los dientes.

Se oyó el disparo de una bala de plomo. Parte de la cabeza del pirata explotó, salpicando sangre hasta las rejas. Al instante el cuerpo cayó de cara al piso en un estrépito seco, con aquella sonrisa lujuriosa aún en el rostro. Las prisioneras lo contemplaron horrorizadas, pero sus expresiones eran de alivio.

—¡Apuraos, Julio! —se escuchó desde el fondo del pasillo y la tensión se apoderó del ambiente.

Volvieron a quedarse solas con el hombre que intentaba abrir la reja oxidada a fuerza de golpes en los pernos con un martillo sobre una vara de acero. Elena supo reconocer las herramientas y el modo de utilizarlas por las veces que había observado al jardinero del convento hacer reparaciones. "Glhen", pensó con añoranza.

*En ocasiones lo ayudaba con sus tareas. Era más divertido que permanecer sentada en el patio, en silencio, junto con las novicias. Aquellas mujeres, con sus vestidos grises y su cabeza cubierta, pasaban horas sobre el piso de material con los rosarios entrelazados en los dedos, sin pronunciar siquiera una letra cuando las gallinas escapaban del corral y revoloteaban frente a ellas. Era Elena la que las dejaba salir. "Me da pena verlas en el corral, sólo les abrí para que den un paseo", le decía a la madre superiora cada vez que la descubría en esa situa-*

*ción. Ella también necesitaba ir a caminar por los alrededores de vez en cuando, más o menos todas las tardes a la hora de la misa. De pequeña le costaba demasiado quedarse quieta, dudaba que esa parte de sí hubiera cambiado.*

Trozos de hierro saltaron hacia el exterior de la celda; aún faltaba abrir una de las dos bisagras. Las mujeres observaban sin dejar de custodiar las profundidades del pasillo hasta donde les alcanzaba la vista. Se habían acercado a las rejas susurrando plegarias, mordiéndose las uñas, sintiendo la sangre palpitar en sus cuerpos. Un segundo grupo de trozos de metal cayó al piso y el hombre tiró de los barrotes hacia afuera.

—Rápido, seguidme.

Las prisioneras salieron formando fila, descalzas como estaban. Evitaban mirar el cadáver que yacía en medio del paso. Su salvador lo hizo a un lado arrastrándolo por los brazos. Encorvado, tirando del pirata muerto, sus pasos eran lentos. Lo movió lo mínimo necesario y se puso de pie con una mano sobre la cintura. Le llevó unos segundos recobrar el aliento. Las miradas femeninas estaban clavadas en él.

—¡No me dejéis! ¡Por favor! —dijo, entre llantos, una joven que se había quedado atrás, todavía dentro de la celda.

Se sostenía de la reja y su dificultad para mantenerse erguida se hacía notoria. Tenía el pie izquierdo tan inflamado que no podía apoyarse en él; sin lugar a dudas su dolor debía ser insoportable. Su rostro lo demostraba: caían lágrimas sobre sus mejillas y las manos le temblaban, miraba hacia abajo como si contemplara a una serpiente venenosa enredándose en su pierna. Elena, última en la fila, fue hacia ella y se ofreció como apoyo. Pero el intento no funcionó: trastabillaron, ambas cayeron al piso y la muchacha gritó al golpearse.

—Mandaré a buscaros, señorita, no os preocupéis —escucharon las jóvenes mientras intentaban ponerse de pie—. ¡Vayámonos, de prisa! —fue la indicación para las demás.

Elena se quedó a esperar junto a su compañera, intentando creer en las palabras de aquel hombre al que había identificado con el nombre de Julio.

Vieron cómo las otras se marchaban, una a una iban desapareciendo hasta que sólo quedaron las sombras que proyectaba una lámpara que había a pocos metros de la celda. Luego, ni siquiera eso. La llama que tenían ante ellas oscilaba, amenazando con apagarse y dejarlas sumergidas en una oscuridad total.

**

—Wales, hay una que necesita que la carguen —dijo Julio al pasar deprisa al lado de un hombre de piel negra con grandes bíceps, que custodiaba un tablón de madera, a babor del barco pirata, que conectaba con el galeón del que provenían.

Wales sintió que se le cerraba la mano en un puño mientras observaba a las mujeres cruzar la rampa, el aspecto que tenían le dejaba ver el trato al que fueron sometidas. Con el paso de los años, su odio hacia los piratas era cada vez más intenso. Una vez que las consideró a salvo, corrió por cubierta hacia la escotilla que llevaba hacia abajo. Miraba a sus laterales evaluando la situación. La batalla no estaba saliendo como se había planeado, pero aún conservaban ventaja. Continuó su marcha, esquivando espadas y envistes. Un pirata le salió al paso apuntándole con un revólver que no dudó en disparar. Wales se abalanzó sobre su atacante hundiéndole una daga en el vientre. Luego de tres puñaladas lo dejó tendido en el piso y siguió avanzando. Hubo una explosión y varias astillas de la cubierta salieron despedidas. Una se le clavó en el cuello, se la quitó y continuó su marcha sin detenerse a evaluar la gravedad de la herida.

Avanzaba por cubierta esquivando las embestidas y peleas ajenas. Distinguió a Ismael y a Teodoro, pero por más que se esforzó por recorrer con la vista de estribor a babor y de proa a popa, no pudo ubicar allí al Capitán Himcalde, su Capitán.

**

Elena consiguió ayudar a su compañera para traspasar la reja, pero aún permanecían aferradas a los barrotes, alertas y temerosas de que algún pirata las encontrara. El olor a sangre, proveniente del cuerpo tendido en el suelo, se sumaba al hedor del lugar. Tres roedores se habían acercado al cadáver, trepaban por los harapos que lo cubrían emitiendo chillidos, esmerándose en mordisquear la carne muerta en el cuello y adentrándose entre las ropas para evaluar su botín. Le provocaba náuseas. Los gritos y estruendos del exterior le habían generado a Elena un fuerte dolor de cabeza. Era difícil mantenerse en pie. El movimiento del barco era una constante amenaza y un elemento más que atormentaba su cordura.

Las fuerzas de Isabel se agotaban. Elena sintió como su compañera, a quien sostenía por la cintura, perdía el control de su cuerpo y se deslizaba contra la reja. La sujetó más fuerte y le palmeó como pudo el rostro, para que recobrara la conciencia. La cara de la joven ardía y miró a Elena con unos ojos que parecían no ver.

—Aguantad Isabel, pronto vendrán por nosotras —dijo Elena, poniendo gran voluntad por parecer tranquila, por creer en sus propias palabras.

Isabel tenía veinte años, pero su contextura física la hacía parecer más joven: menuda, de espalda angosta y más baja de altura que su compañera. Elena, con veintitrés años no se encontraba en mejor estado, sostenía a su amiga sólo con la fuerza de su voluntad empecinada. A duras penas podía mantenerse erguida, sabía que el encierro y la precaria comida habían derribado la fortaleza y buena salud que acompañaron su vida anterior. Pero ese no era momento de dejar que las debilidades afloraran. Ni tampoco los recuerdos.

Fue un alivio cuando un hombre musculoso de piel oscura apareció a su lado y tomó a su compañera en brazos. No había percibido los pasos que se acercaban y sus parpados habían caído con aplomo. Ella lo miró maravillada, era enorme, le llevaba al menos dos cabezas y alzó a su amiga con tal naturalidad como si no tuviera que hacer esfuerzo alguno. Al observarlo distinguió una mancha de sangre en su camisa, tenía un corte en el cuello, pero no parecía notarlo.

—¿Podéis caminar? —le preguntó a ella, que asintió con la cabeza—. Seguidme cerca.

Elena fue tras él por los pasillos, recibió ayuda para subir por la escotilla, y se arrimó más aún a la espalda del hombre al pisar cubierta, al ver las espadas chocar entre sí y los charcos de sangre en el piso. Los recuerdos de lo vivido hacía dos años, cuando fue capturada, volvieron a ella. Perdió el control de su cuerpo, su pulso se acrecentaba sobre su corazón a todo galope y las manos comenzaron a temblarle. Un sudor frío le resbalaba sobre la piel junto con pequeños espasmos.

Giraba el rostro de un lado a otro, los piratas eran distinguibles por sus atuendos. Sombreros, pañuelos, el pelo largo y la ropa descuidada desde antes de la batalla, el mismo aspecto de cuando bajaban a la celda.

Los otros hombres, los que las estaban defendiendo, no llevaban uniforme, como podría esperarse de quienes se atrevían a enfrentar a los barcos de banderas negras, sino que vestían pantalones marrones o grises y camisas blancas o crema ahora manchadas de sangre. Elena no podía centrar la mirada, percibía imágenes borrosas dando vueltas a su alrededor.

A su izquierda, un hombre de baja estatura y barba blanca sostenía un pedazo de madera a modo de escudo defendiéndose del embiste de un pirata, al cual reconoció. Tenía el párpado derecho cosido al pómulo, costura que se extendía hasta la oreja. Era quien la había secuestrado. Sintió odio y deseos de venganza, quería verlo morir. Imaginó ser ella misma la que clavaba una espada en su vientre y le escupía en la cara. Pero no podía moverse.

Los minutos pasaban, el pirata aún se mantenía en pie atinando golpes certeros contra el escudo improvisado. Elena seguía petrificada, alentando al marinero por dentro, pero sin que su cuerpo reaccionara, hasta que algo la golpeó en el hombro. Retrocedió unos pasos sin mirar atrás, con las pupilas fijas en la pelea, tropezando y cayendo al suelo. Estaba aturdida, intentó incorporarse, pero ver una pierna amputada dentro de una bota de cuero le revolvió el estómago. Comenzó a escupir bilis entre arcadas, la frente le ardía y sentía que la vista se le volvía borrosa.

—¡Señorita! —escuchó la voz masculina de quien había logrado abrir la reja de la celda. Julio, recordó. Le gritaba desde una rampa en el lateral de cubierta, a sólo tres metros.

El hombre moreno que llevaba a Isabel en brazos no se veía. Elena se concentró en la voz que la llamaba y corrió hacia allí. Puso un pie sobre la rampa evitando mirar hacia abajo. Los barcos se movieron y resbaló cayendo sobre la superficie dura. Buscó, pero no vio a nadie que la esperara al otro lado. El puente tendría ocho metros, ella tenía la sensación de que se deslizaría en cualquier instante, hundiéndose en las profundidades del mar. No pudo reprimir el impulso de contemplar aquel abismo y pensó en la posibilidad de arrojarse al agua.

Tras unos segundos, se puso de pie intentando avanzar despacio, temiendo perder el equilibrio. Sintió que algo la retenía y vio horrorizada cinco dedos peludos que la agarraban del ruedo de la falda. Un grito se le contrajo en la garganta, tragó aire y comenzó a boquear segura de que eran sus últimas respiraciones. El brillo de la hoja de una espada a centímetros de su cuerpo la cegó por un instante. Parpadeó, pero abrió los ojos a tiempo para ver como la mano la soltaba y caía al mar dejando una estela roja. No vio rostros, ni de su atacante ni de su salvador. Alguien la había tomado por el brazo y la obligaba a correr por la rampa. Sentía que la mitad de sus pies pisaban el aire, pero no tenía fuerzas para ofrecer resistencia.

Al llegar al final de la rampa, vio a Julio frente a ella, que la tomó por la cintura y, alzándola, la depositó sobre la cubierta del barco al que pertenecían sus rescatistas. Se sentía mareada y la cabeza le palpitaba, pero a pesar de que su vista estaba nublosa pudo distinguir la paz y la ausencia de peleas en aquella superficie.

Parado a su lado, hablando de forma acelerada, Julio le indicó con señas y términos que ella no comprendía, hacia dónde debía dirigirse. Elena apenas si pudo asentir con la cabeza antes que el hombre saliera de su vista. Fue hasta la abertura que le había señalado, arrastrando los pies con la constante sensación de que caería al piso. Los sonidos de la batalla de fondo la ponían cada vez más nerviosa, tenía la sensación de que los piratas la alcanzarían y descargarían su furia contra ella. Intentaba apresurarse, pero su cuerpo no respondía a sus deseos. Tropezó pero continuó avanzando a rastras, ignorando las raspaduras que esto le provocaba.

Una vez que consiguió descender al interior del barco, fue avanzando sosteniéndose de la pared. La cabeza le palpitaba, pero se obligaba a seguir. Los sonidos de la batalla casi desaparecieron por completo y en su lugar apareció un largo pitido agudo en su oído izquierdo. Se detuvo en ese instante, sintiendo que las paredes se movían y sin poder distinguir con claridad lo que tenía delante. Palpó con las manos y notó a la distancia de su brazo extendido el arco de una puerta.

Ahí estaban las otras mujeres, recostadas sobre unas mantas en el suelo, no podía reconocerlas, los rostros estaban borrosos para ella. El lugar era angosto y había barriles y cajones de madera apilados contra las paredes, se podía respirar sin sentir náuseas, aunque su estómago continuaba provocándole retorcijones que afectaban su equilibrio.

## ~~ 2 ~~

Elena despertó al despuntar el alba; una luz cálida se filtraba por una ventana circular en la pared opuesta al marco de entrada. No se percibía ningún sonido, sus compañeras aún dormían. Sentada allí, en aquella sala de almacenamiento, permaneció mirando el cielo celeste por la abertura. Los hechos de la noche anterior no estaban claros aún, incluso no podía asegurar que los disparos de cañón que había escuchado fueran reales o los hubiera soñado. La sensación de quietud era abrumadora luego de lo tormentoso del escape del barco pirata. Le parecía como si todo estuviera detenido, incluso el tiempo. Como si contemplara la pintura de un cuadro. Levantó su mano delante del rostro y se quedó observándola: la suciedad adherida a su piel, la costra negra e infectada bajo el pulgar de una lastimadura que tenía semanas, las uñas amarillas, largas y quebradas a la vez. El aspecto de su cuerpo reflejaba muchas cosas que la perseguirían por siempre. Pasó la yema de los dedos por su cara, acariciando sus mejillas, envuelta en el vacío de sus pensamientos.

Una inquietud la asaltó de pronto. El recuerdo del hombre que la había secuestrado, que volvió a ver mientras corría por la cubierta del barco pirata al escapar, aquel con el rostro marcado que la había encerrado en una celda hedionda años atrás, se instaló en su mente. Se llevó una mano al pecho, pero no había nada allí, la cruz de plata, que Madelein, la madre superiora, le había regalado a sus trece años, había quedado en el suelo de la celda, entre la mugre y la herrumbre.

Con la yema de los dedos recorrió la marca que tiempo atrás le había dejado la cruz en el pecho, mientras observaba el lugar donde se encontraba. Poco a poco sus compañeras fueron despertando. Se incorporaban con cautela, con la extrañeza de quien se cree estar soñando. El sonido de una caja golpeando el piso hizo que todas giraran la vista hacia un lado. Estefanía, que aún dormía, despertó sobresaltada. Las líneas en su espalda tenían un aspecto desagradable y a Elena le pareció que el rostro de la muchacha estaba demasiado pálido.

Elena no se sumó a las miradas y gestos reprobatorios hacia aquella mujer veterana de la celda que había tirado una de las cajas que había allí, intentando treparse a ellas. No le prestó atención, porque su mirada se centraba en las heridas de Estefanía y el tobillo inflamado de Isabel.

Las mujeres se fueron acomodando en el reducido espacio atiborrado. Hablaban entre ellas, el no saber dónde se encontraban ni cuál sería su destino las mantenía con cierto temor. Se envolvían con las mantas que les habían dejado allí durante la noche.

—Espero que nos lleven a tierra.

—Deseo tanto ver a mi madre.

La conversación continuó de manera pausada sobre la añoranza de reencontrarse con la familia. El hecho de saber que ya no eran prisioneras les había otorgado un entusiasmo que nunca habían mostrado en la celda. Elena observaba a Isabel que estaba recostada a su lado con los párpados semiabiertos. De ella había sido de la única que había recibido verdadero apoyo y había procurado retribuírselo. Le tenía sincero aprecio y se alegraba que al menos su amiga tuviera un hogar al cual volver, con una familia que la recibiría con anhelo.

Se mantenía callada, ella no tenía con quien volver. Le resultaba doloroso pensar en el convento o la granja donde había vivido, a los que no tenía sentido regresar. Tenía la piel erizada por la tensión de la huida y aún sentía náuseas. Recordar todo lo que había perdido no la ayudaba a sentirse mejor.

Se escuchó un golpe sobre la madera, como si llamaran a la puerta. Un joven alto y flaco, con el pelo rubio alborotado, apareció en el marco de la entrada. Llevaba una jarra con un cucharón en la mano izquierda en la que le faltaban dos dedos y una bandeja con galletas en la otra. Se sonrojó ante las repentinas miradas y sus pecas resaltaron sobre la piel clara haciéndolo parecer demasiado joven.

**

—Son dos peces y una tortuga —dijo Esteban con la intención de que las mujeres rieran.

Las jóvenes rescatadas se lo quedaron mirando con las cejas levantadas. Esteban se pasó una mano por el pelo y rio. Se sintió avergonzado y pensó en marcharse enseguida, pero al voltearse se topó de lleno con Eduardo.

—¿Supongo que no pensabais marchaos, marinero? —le dijo el médico del barco con un gesto de regocijo.

Era un hombre que a Esteban le resultaba irritante. Tan alto como él, con barba y bigotes prominentes, Eduardo desplegaba una ironía que le parecía insultante. Su antipatía se incrementó cuando tras su primer combate el médico contaba chistes y reía mientras le cocia los dos dedos cercenados de su mano izquierda.

Se tragó sus palabras y volvió a entrar a la despensa, presentó a Eduardo a las mujeres y se quedó para asistirlo en silencio. Contemplando cada moretón, raspadura, hinchazón, cada dolor. Se esforzaba por que su rostro pareciera inexpresivo mientras la furia recorría su mente junto con el recuerdo del daño que los piratas le habían hecho a su madre. Permaneció horas allí sentado en el suelo, enjuagando vendas sangrientas y alcanzando utensilios, sintiendo las lágrimas en los ojos de las mujeres mientras Eduardo intentaba desinfectar las heridas. Lo embargaba la angustia de que ni su rostro ni sus palabras pudieran brindar consuelo.

Esteban nunca se sentía cómodo frente a las mujeres que rescataban. Pero jamás se atrevería a desobedecer al capitán, más que otra cosa, por gratitud.

**

El agua se notaba bien conservada, pero las galletas estaban duras, se las veía negras en uno de los lados y les faltaba sal. Al menos no eran las sobras, mezcladas con mugre y saliva de los piratas, que había comido durante los últimos dos años.

Elena pensó en los panecillos dulces que se horneaban en el convento para las festividades y que ella robaba de la cocina cuando la monja los dejaba enfriar en la mesada al lado de la puerta entreabierta. Recordó a Madelein y lamentó una vez más sus berrinches a la hora de fregar el suelo cerámico de la capilla siendo pequeña. Odiaba estar arrodillada sobre el piso mojado con un cepillo más grande que sus manos. Se distraía mirando los gorriones anidados en la ventana e imaginándose desplegando las alas sobre la copa de los árboles, admirando las bellezas de la tierra. Inmersa en sus fantasías, la tarea se extendía hasta que el sol se escondía. Sus travesuras le habían provocado a la madre superiora muchos dolores de cabeza, pero sus castigos no habían consistido más que en ayudar en las labores del lugar.

A bordo del barco que las había rescatado, la comida no fue mejor que el desayuno, tan sólo un cuenco de arroz sin ningún condimento, pero ninguna protestó. Esta vez Esteban les informó que en trece días tocarían tierra.

Las mujeres comenzaron a hablar de vestidos de seda y encaje, de paseos en carruajes y bailes en salones adornados con flores y gente con atavíos elegantes, hombres de altas posiciones que se verían tentados por la belleza de las jóvenes y las dotes que sus padres pagarían. Hechos desconocidos y no anhelados para Elena. Sus recuerdos más alegres incluían excursiones de caza por el bosque, lecturas en voz alta ante una chimenea centelleante, y caricias entre sábanas con quien sabía se marcharía.

Elena comenzó a imaginar qué sería de su vida de ahí en adelante. Sabía cocinar y fregar los pisos, conocía el manejo de una granja y podía hacer gala de buena educación cuando se lo proponía. Esperaba poder conseguir un trabajo decente. Eso si no resultaba que las buenas atenciones que les estaban prodigando fueran parte de otra truculenta jugada del destino.

Sus pensamientos vagaban por su mente de forma desordenada. Dentro de su cabeza escuchó un maullido y sonrió, en algún resquicio de ella aún había sitio para los recuerdos alegres de su infancia.

**

Augusto permaneció con sus ojos negros clavados en la puerta cerrada durante segundos que le parecieron horas luego que el médico del navío le informara sobre el estado de las mujeres rescatadas. El libro de bitácora continuaba abierto sobre el escritorio, en la página del día donde había registrado el informe recibido. Dejó escapar un improperio, no importaba cuántos años llevara haciendo aquello, enfrentarse con esos rostros maltratados y mancillados seguía entumeciendo sus músculos.

Se incorporó y salió de su camarote pasándose la mano por el pelo oscuro y acomodándose la chaqueta. Atravesó el barco reconociendo en los rostros de los marineros que trabajan en cubierta, la ausencia de aquellos que habían perecido en la batalla y descansaban en las profundidades del océano. Las velas recogidas, a pesar del viento favorable y de la urgencia por devolver a las mujeres a tierra, era una orden habitual. Todo hombre merece un día de descanso tras enfrentar la muerte, se dijo a sí mismo.

Caminaba ensimismado en la tensión que le producía esa tarea autoimpuesta de hacerse presente ante las víctimas de sus enemigos. Unos minutos más tarde estuvo de pie en la entrada de la despensa, ocupando todo el espacio bajo el marco de la puerta.

—Bienvenidas a mi barco, soy el Capitán Augusto Himcalde —dijo con una voz firme que retumbó en las paredes haciendo eco.

Las mujeres asintieron y agradecieron. Él observó a cada una de ellas. Algunas se sonrojaron, otras parecían cohibidas ante su gran tamaño. Una de ellas lo miró con fijeza, sin recaudos, con unos ojos azules que le hicieron pensar en su difunta esposa Sofía.

—Espero que el viaje os sea agradable —dijo, y se marchó deseoso de volver al resguardo de su camarote.

**

Por la noche, mientras sus compañeras dormían, Elena puso freno a sus pensamientos y se dedicó a contemplar el sonido del mar. Era una suerte que hubiera una ventana allí, tres años atrás no hubiera podido imaginar la alegría que eso le generaría. Vinieron a su mente los animales para quienes el océano era su hogar. Sintió, o creyó sentir, el resoplido de aquellas criaturas inmensas que habitaban las aguas. Aurora, la mujer que la había acogido como una hija a sus trece años, tenía un cuadro con aquellas criaturas dejándose ver en la superficie del mar. Colgaba de la pared de la cocina de la granja y la anciana lo limpiaba cada mañana mientras el agua se calentaba al fuego. Le había contado que su marido se lo había obsequiado al pedir su mano, que lo había dibujado él mismo luego de volver de un viaje como grumete en un gran barco. Era la imagen de dos ballenas lanzando agua por un agujero en sus cabezas. Quizás algún día pudiera verlas, por el momento se alegraba de haberlas escuchado, o creer haberlas escuchado, no había diferencia.

**

Al cuarto día las mujeres se sentían a salvo y esperaban con ansias llegar a tierra. La comida era insípida, pero al menos les ayudaba a recobrar fuerzas. Era asombrosa la vitalidad y los buenos ánimos que habían recuperado en tan poco tiempo. Elena se sentía ajena a la alegría de sus compañeras. Seguía inquieta por su futuro, ¿qué tan difícil sería conseguir trabajo y un lugar para dormir allí a donde se dirigieran? Pensaba en sus posibilidades, cuando una idea por completo nueva le surgió, golpeándola como si hubiera caído del barco impactando contra la superficie dura del mar y sus músculos se tensaron ante esa sensación del agua helada alrededor de su cuerpo. La idea que se había instalado en su mente era simple de formular, difícil de llevar a cabo e imposible de descartar. Buscaría a su madre.

—Parecéis tensa —le dijo Isabel al acercarse.

—Sólo pienso en si podré conseguir trabajo allí a donde nos dirigimos.

Sabía leer y escribir, quizás pudiera ser institutriz en una casa con niños, pensó.

—Podéis venir conmigo, de seguro mis padres os aceptarán.

Elena miró a su amiga, sabía que Isabel aún le guardaba gratitud por lo que había hecho por ella, pero el sentimiento era mutuo, no le debía nada.

—Gracias, pero prefiero intentarlo por mi cuenta.

Elena no fue capaz en ese momento de confiarle la intención de buscar a su madre, tenía la fuerte intuición de que debía guardar sus deseos en secreto.

—¿No puedo convenceros?

—No.

—Prometedme que me escribiréis —le dijo Isabel tomándole las manos—, os aseguro que nunca dejaré de contestar vuestras cartas.

Aquella noche, al igual que las últimas, Elena volvió a ser asaltada por un recuerdo que en su estado de vigilia se esforzaba por reprimir.

*Se vio sobre el barco comercial que las llevaba a Madelein y a ella rumbo al pueblo que le habían asignado a la monja. Sabía que eran ellas, pero no se parecían, como si fueran parte de una pintura antigua. Con extravagantes vestidos y abanicos negros, con la piel del rostro pálida y guantes de encaje en las manos. Estaban para-*

*das sobre cubierta mirando los puntos brillantes que refulgían en el cielo. Las estrellas se mecían tarareando una nana mientras caballos alados bailaban sobre el agua.*

*De pronto escucharon sonar una campana, y esas criaturas irreales y el "la-la-, la-la" que tarareaban las estrellas desaparecieron. El recuerdo se hizo presente sin disfraces, tal como había ocurrido: entre la bruma se divisaba un barco acercarse, llevaba en el mástil una bandera negra. El capitán, que las había recibido al embarcar, salió a medio vestir de su camarote bramando indicaciones. Los marineros corrían de un lado al otro, cargados con armas, se amontonaban en los laterales, Elena vio que varios se persignaban.*

*—¡Escondeos! —les había gritado uno de ellos al verlas paradas sobre cubierta.*

*Bajaron por la escotilla a toda prisa y se encontraron con Glhen, que llevaba una espada en la mano y un rifle corto enganchado al cinturón. Los ojos de Elena se cruzaron con los de él. El jardinero le dio un beso en la frente, tirándole con suavidad del pelo como hacía cuando ella era pequeña. Lo vio acariciarle el rostro a la monja con la yema de los dedos desde la mejilla hasta rozar los labios de la mujer. El tiempo parecía detenido. La intensidad de la mirada del hombre que siempre la había protegido, le pareció la mayor declaración de amor que hubiera visto.*

*Ambas entraron al camarote en el que habían estado durmiendo y se apretujaron dentro de un ropero. Se oían gritos, disparos y ruido de espadas chocando. Pero un sonido particular, de la puerta de madera raspando una pequeña placa de metal en el piso, un sonido chirriante al que Elena se había habituado en su estadía a bordo, hizo que su pulso se incrementara. Veía en su mente al hombre atravesar el camarote mientras escuchaba a Madelein a su lado susurrar…*

*"Padre nuestro,*
*que estáis en el cielo,*
*santificado sea tu nombre;*
*venga a nosotros tu reino…"*

*La puerta del ropero se abrió del golpe y ambas contemplaron el rostro austero de un pirata desalineado y maloliente, iluminado por la luz mortecina que se filtraba por la ventana circular. Tenía el párpado derecho cosido al pómulo y la costura se extendía hasta la oreja. Con sus manos grandes y mugrientas las agarró de los cabellos arrastrándolas hacia afuera. Elena se chocó con una cómoda golpeándose la cadera. Sus ojos comenza-*

*ron a humedecerse. La desesperación tomó el control de su cuerpo impidiéndole moverse.*

*El pirata acercó su cara a la de Elena, diciéndole algo que ella no pudo entender. Estaba absorta en la sensación fría que la inundaba. Las náuseas surgieron en su interior ante ese rostro manchado de sangre que le escupía al hablar, empapándola de su aliento, pútrido al igual que sus dientes quebrados.*

*La madre superiora empujó al hombre y, tomando de la mano a su protegida, intentó abrirse paso hasta el pasillo. El pirata se incorporó y las alcanzó. Blasfemando agarró a la monja de los pelos y pasó su cuchillo por la garganta de la mujer, riendo, ante el rostro horrorizado y lleno de lágrimas de Elena.*

**

Abrió los ojos sobresaltada. Le llevó unos segundos eternos reconocer dónde se encontraba, sentía una punzada en la parte frontal de la cabeza y percibía los latidos en el interior de su cuerpo. Observó el lugar a su alrededor lleno de cajas y barriles, las otras mujeres aún dormían sobre el suelo cubiertas con las mantas, aferrándolas con temor de que les fueran quitadas. Pero la calma era palpable. La noche se distinguía por la ventana. Se puso a pensar en su sueño y sin proponérselo se comenzó a hacer preguntas sobre los tripulantes del barco en el que se encontraba. Recordó a conciencia el rescate. Intentó formarse una impresión sobre estos marineros desconocidos: el hombre que las sacó de la celda; el que cargó a Isabel en brazos; el de baja estatura y barba blanca que la protegió cuando cruzaba la cubierta del barco, luchando contra el pirata con el párpado cosido que había matado a Madelein. La invadió una necesidad imperante de saber si ese pirata en particular ya no estaba con vida. Pensó que quizás debería haber permanecido allí, sobre cubierta en plena pelea, aunque su vida peligrara, sólo para verlo morir con sus propios ojos. Por primera vez en su vida sentía un deseo, más allá de la razón, de contemplar la muerte, de tener la certidumbre de que había ocurrido y observar ese rostro al exhalar el último halo de aire.

Hasta el momento no había salido de aquel cuarto de almacenamiento. Decidió subir a cubierta para observar el mar y sentir la brisa que envolvía la noche. Caminó con cuidado por los pasillos, todo estaba en silencio. Se sentía en falta, hacía mucho tiempo que no era libre de andar a su antojo.

A mitad de las escaleras quedó deslumbrada por la majestuosidad del cielo. Centenares de estrellas brillaban sobre un gran manto azul, la luna se erguía, redonda y dueña de aquella inmensidad. Una suave corriente le acarició el rostro y le trajo el susurro del agua. Se deslizó hacia un costado, sintiéndose parte de aquella inmensidad.

Cuando comenzó a aclarar, su vista se posó en los tablones de madera que tenía delante. Todo estaba limpio y dispuesto de manera ordenada sobre la superficie. Le parecía irreal; las velas se alzaban imponentes desplegadas y empujadas por el viento. No estaba segura si sus ojos le eran fieles o su mirada había quedado distorsionada; la magnitud del tamaño de la superficie sobre la que estaba parada era sobrecogedora. En el extremo opuesto había unas escaleras altas con barandilla blanca, podía ver a un hombre seis o siete años mayor que ella, con el pelo marcándole el contorno de la cara y grandes manos sosteniendo el timón. Podía distinguir una cadena metálica colgando del cuello y que desaparecía bajo su camisa, de escote amplio que dejaba a la vista los rizos negros del pecho.

—Buenos días, señorita —le dijo Julio que se había acercado hasta pararse a su lado.

Ella se volteó y le devolvió el saludo con una sonrisa. El rostro del marinero se alejaba de las facciones que ella le vio al conocerlo, en la penumbra de la celda y la urgencia del peligro. Su expresión era pacífica y su postura distendida, contemplaba el cielo y el mar en el horizonte como un tesoro preciado. Elena lo observó durante algunos minutos sintiendo en el hombre a su lado la armonía cálida que la acompañó durante su infancia, pero que el tiempo encerrada había logrado apartarla por completo de esa sensación.

—Gracias por rescatarnos, Julio.

Tenía canas sobre las orejas, al igual que Glhen. Una punzada le atravesó la garganta y le impidió respirar por un segundo. Ese detalle de similitud era suficiente para que los recuerdos y la añoranza afloraran dentro de ella.

—Ha sido un placer, señorita.

—Elena.

—Elena —repitió él—. Tenéis un bonito nombre, señorita.

—Gracias.

Se quedaron allí parados en silencio, sintiendo los primeros rayos del día asomar. Elena debía entornar los párpados ante el refulgir anaranjado que centellaba desde el agua. Aun así, no pensaba marcharse. La sensación cálida sobre la piel le pareció como flotar en sueños, era estremecedor volver a ser parte del mundo.

Miraba al frente, contemplando el cielo y el mar. Luego de tanto tiempo encerrada, el sol parecía irreal. A su alrededor los marineros comenzaban a tomar sus puestos. Distinguió al capitán salir por una puerta al otro lado de cubierta y lo siguió con la vista mientras subía las escaleras tomado de la barandilla. Sobre el timón se reflejaban líneas doradas, dándole importancia al elemento que definía el rumbo del barco. El mismo joven, con el pecho semidescubierto y la cadena perdiéndose debajo de su ropa, seguía sosteniéndolo. No parecía haber advertido la presencia de su superior.

—¿Cuál es su nombre? —le preguntó a Julio sin voltear el rostro.

—Ismael, señorita. Es un joven agradable y, aunque no soy experto, sé que posee un gran atractivo para las mujeres.

Elena lo miró y rio. Rio a carcajadas, con el sonido saliendo de sus entrañas. La circulación de la sangre por su cuerpo se incrementó y los ojos se le humedecieron. Olvidó los dolores que la aquejaban y su respiración, hasta entonces irregular, se acompasó.

—Me refería al nombre del barco —dijo recuperando la compostura, sin darle importancia a las miradas curiosas de los marineros cercanos a ella.

Se sentía feliz, alegre. Sus pómulos habían tomado un color rosado debajo de la suciedad que la cubría y sentía que su cuerpo la incitaba a correr, aunque reprimió el impulso.

—Ah —dijo Julio riendo de forma moderada—, El Cazador, señorita... —continuó diciendo tras unos segundos de silencio— tenga la seguridad de que es el mejor galeón que existe. Ha sido refaccionado, pero, incluso antes, podía soportar los azotes del mar. Lleva sobre las aguas más de cien años.

¿Cuánto podía significar un nombre?, pensó ella. El suyo no había sido al azar o sólo por una armonía sonora. Madelein lo había elegido; era una gran amante de la historia, algo que había logrado trasmitirle. En su infancia, cada día tras desayunar se dirigía a la biblioteca del convento, una habitación circular con todas sus paredes revestidas de libros en estantes de madera. Le gustaba pasar su mano por los lomos recorriendo la sala, hasta detenerse y elegir un libro sin mirar. La madre superiora sacaba el ejemplar del estante y se sentaba en su sillón de terciopelo verde a leerle. El libro con el que la monja le enseñó a leer fue la biografía de una emperatriz llamada Elena.

**

Julio continuaba hablando sobre las características del barco, pero se dio cuenta de que su compañera había dejado de prestarle atención.

—Será mejor que vuelva con las demás —la escuchó decir.

—Que descanséis, señorita.

La vio darse vuelta para marcharse, pero enseguida se volvió hacia él.

—¿Julio, puedo haceros una pregunta?

—Sí, señorita Elena.

—¿Qué ocurrió con el otro barco?

—En las profundidades del mar, señorita, junto con todos sus tripulantes. —Julio hubiera dicho "bastardos", si no estuviera hablando con una mujer. Hubiera dicho también "escoria", "canallas", "cretinos" o "ladrones de niños."

**

Ismael estaba al timón controlando el rumbo del barco a la vez que contemplaba a la mujer parda en la popa.

—Podríamos chocar con una montaña de frente si continuáis con la vista puesta en cubierta —dijo el capitán, que se había parado tras él sin que este se hubiera dado cuenta de su presencia.

Lo observó de reojo. Augusto jugueteaba con uno de los botones plateados de su chaqueta, tenía el dobladillo gastado y las solapas del cuello estaban descoloridas. Pero continuaba utilizándola.

Ismael hizo una mueca de disgusto, sus brazos se volvieron rígidos y su puño se apretó más contra la madera. Lo irritaban ese tipo de comentarios. El capitán había intentado, en vano, durante años, convencerlo para que se casara y dejara la vida en altamar.

Levantó la vista a las velas, recordando con añoranza la época en que tenía menos responsabilidad y podía treparse a lo alto de los mástiles a contemplar la inmensidad del mar durante horas.

—Reconozco que tiene un cierto encanto, aunque su aspecto aún sea el de una prisionera.

"El aspecto de una prisionera". Esa frase hizo que Ismael pensara en su madre. Era una imagen dolorosa: *un rostro demacrado con la piel pegada a los huesos diciéndole que lo quería con su último aliento.*

**

*—Una tarde de primavera, cuando fui a cerrar la reja del convento, vi a un soldado acercarse —le había contado Madelein una tarde de invierno, mientras tejía sen-*

*tada frente a los leños encendidos de la habitación de Elena. Era su octavo cumpleaños y ella había formulado la pregunta sin pensarlo. "¿Quién me trajo aquí?"*

*—El hombre era joven, pero tenía en el rostro una expresión sombría. Me saludó con educación, disculpándose por su presencia allí a esas horas.*

*La niña, que escuchaba con atención el relato, notó como la mujer dirigía su vista a la puerta donde estaba parado Glhen, apoyado contra el marco, con las manos en los bolsillos. El hombre le sonrió a Elena, pero continuó allí, inmóvil, escuchando el relato.*

*—El soldado tenía el uniforme rasgado en un brazo, no estoy segura de la gravedad de su herida —continuó la monja, volviendo a mirar a la niña sentada frente a ella en el piso—. Contra su pecho sostenía un bulto envuelto en telas sucias y raídas. Lo depositó en mis brazos y se marchó sin dar explicaciones.*

*La madre superiora se quedó en silencio acariciándole el pelo, con la mirada perdida. Elena, de ocho años, apoyó su cabeza sobre el regazo de la monja y permaneció acurrucada allí mientras se iba quedando dormida.*

A sus veintitrés años Elena estaba parada sobre la cubierta de El Cazador, contemplando el sol asomarse. Sus ojos estaban empañados por el recuerdo de la voz de Madelein y su mirada avellana, dulce y protectora, que la acompañaron de pequeña. Se abrazaba el cuerpo sin aceptar aún esa ausencia.

Sintió el peso de un abrigo sobre la espalda. Un marinero de hombros anchos y mentón cuadrado pasó a su lado. Andaba en camisa, desentonando con el resto de los hombres en cubierta que tenían sus chalecos puestos. Lo observó mientras trepaba por las cuerdas atadas al palo mayor. Llevaba en la muñeca una cinta de mujer.

Ella tomó la tela del abrigo por dentro y se acurrucó a su amparo. Ese gesto siempre había sido característico de Glhen, él se quitaba su abrigo para cedérselo cuando volvían tarde de sus paseos por el bosque, sin importar cuánto Elena intentara disimular el frío. Sonrió por aquel pequeño gesto del marinero, y lo agradeció para sus adentros, le permitía pensar que aún existían hombres en los que podía confiar.

Luego regresó junto a sus compañeras, no sin antes dedicarle una última mirada al joven tras el timón.

**

El capitán Himcalde estaba frente a su escritorio, con una carpeta de solapas rojas ante él. Miraba aquello con anhelo y temor a la vez.

—Tenéis que dejar de pensar en ellos.

La voz de Teodoro sonó ronca entre las exhalaciones de su pipa. El primer oficial estaba sentado en un sillón de tapizado bordó en un rincón del camarote.

—Cada vez pienso más en ese día.

—Seguíamos órdenes. Teníamos que obedecer.

—Podría haber hecho que escaparan.

—También podríais haberlos entregado para que los torturaran para sacarles información.

Era una conversación que se repetía tras cada misión cumplida. Un pasado común entre dos hombres del que nadie más en el barco sabía. Una culpa que se resistía a quedar en el pasado.

**

Durante la noche siguiente, el barco se movía en un vaivén rítmico que arrullaba a las mujeres rescatadas. Una lámpara de aceite enganchada en lo alto de una de las paredes iluminaba la bodega donde se encontraban. Reinaba la paz que transmitía el ruido del mar y el soplo del viento. La frescura que inundaba el ambiente hacía de aquél un lugar acogedor en comparación a la inmundicia de la celda.

Una vez más Elena despertó atormentada luego de revivir la muerte de Madelein, sintiendo aún el sabor de la sangre que le había salpicado el rostro. El recuerdo de aquella escena violenta, que había sido tan real como su propia existencia, la volvía endeble.

Subió a cubierta. Contemplaba las estrellas y el mar. Y al joven parado tras el timón. "Ismael", el nombre aparecía en su mente y se repetía como el susurro de una voz interna.

El sonido de las voces de los marineros y el ajetreo por bajar uno de los botes llamó su atención. Reconoció a Wales, aquel hombre musculoso que había cargado a Isabel para escapar del barco pirata. Esteban, el joven que les llevaba la comida, se acercaba corriendo. Ella se aproximó al lateral empujada por la curiosidad, escuchando un chillido extraño.

Tres hombres descendían para remar hacia algo que se movía sobre la superficie del agua. El sol comenzaba a ascender y Elena pudo apreciar mejor a la criatura: medía casi tanto como el bote, era de color gris con un hocico alargado y estaba atrapada en una red. Los marineros se le acercaron; ella distinguió que Wales, con una daga, cortaba las sogas que envolvía al animal.

## ~~ 3 ~~

—Hemos llegado —dijo un marinero de pelo largo rubio asomándose por la entrada de la despensa—. Podéis llevar las mantas, si lo deseáis, es una noche fría.

El hombre entró en la sala, se arrodilló junto a Isabel y, colocándole una mano sobre el hombro, le pidió permiso para cargarla en brazos. La hinchazón había disminuido, pero aún continuaba vendada y le resultaba dificultoso mantenerse en pie por sí misma. Elena observó cómo el marinero la tomaba, con un brazo tras las rodillas y el otro tras los omóplatos de la joven, recostándola sobre su pecho.

El resto de las mujeres también se incorporaron y siguieron al hombre, que las guió por el barco hasta llegar a cubierta donde Wales las esperaba, junto a la escalerilla para bajar de la embarcación. El puerto estaba iluminado por farolas en lo alto de diversos postes. Elena paseó su vista por la cubierta antes de descender: los hombres iban de un lado al otro acarreando sogas, el marinero de baja estatura y barba blanca que había visto luchando en la cubierta pirata se paseaba por la superficie con una pipa en la boca y gritando órdenes a cada paso. De pronto su mirada se cruzó con la de Julio. Estaba parado en el lateral opuesto sosteniendo una olla sobre la baranda en la que se posaban al menos una decena de gaviotas. Él levantó una mano a modo de saludo y ella le respondió con el mismo gesto, esperado volver a cruzarse con aquel marinero.

Elena fue la última en atravesar la escalerilla, se sobresaltó al notar que la tomaban por la cintura para depositarla sobre los tablones del muelle. Una vez que sus pies tocaron el suelo firme, giró el rostro hacia el barco a su espalda. Era una sensación extraña, como un impulso de volver a subir. Miró luego a Isabel y sintió un alivio profundo de que estuviera a salvo.

Wales, el hombre rubio y otro marinero más, que Elena sólo había visto unas pocas veces sobre cubierta, las guiaron por la rampa del puerto. Vio que finalizado el muelle las aguardaba una carroza tirada por cuatro caballos. Junto a esta, y también a lo largo de todo el muelle, destacaba una muralla de hombres uniformados y armados. Parados firmes, con los brazos pegados al cuerpo y en silencio custodiando el ingreso a la ciudad. Ella no había visto nada similar antes.

El chofer las esperaba con la puerta abierta y les ofreció un brazo para que usaran de apoyo al subir.

Era un individuo desgarbado, calvo, con la piel marrón pegada a los huesos. Las mujeres murmuraban entre ellas expectantes, aún se encontraban débiles como para manejarse por su cuenta. Wales ayudó a colocar a Isabel dentro del carro y luego se ubicó junto al chofer.

—*¿Quen ticah?*

—*Nehhuatl cuehcuechmigui*.

Elena los escuchaba hablar en una lengua diferente, pero dejó de prestarles atención cuando los caballos comenzaron a moverse.

**

Una vez que la carroza se puso en marcha, Ismael levantó la vista y contempló las montañas que se erguían imponentes tras la ciudad. Hacía rato que habían soltado anclas, pero desde que las mujeres subieron a cubierta la existencia de la cordillera se borró de su mente. No podía apartar los ojos de la joven que todas las madrugadas se posaba en la popa del barco. La miraba desde la barandilla en el puente de mando. Había clavado su vista en ella, como si se tratara de una jarra de arcilla, temía que se cayera y rompiera en mil pedazos.

El aspecto de todas esas mujeres le parecía de fragilidad, pero hacia aquella joven sentía un deseo aún más imperioso, un deseo de protegerla. La forma en que lo miraba cada amanecer, sin disimulo, lo trastocaba. Quería cuidar de ella. No porque la creyera más débil, sino porque presentía que ella no se lo permitiría. Incluso había soñado que se ofrecía a ayudarla, a protegerla, y que como respuesta había recibido una bofetada, que le disparaba sus sentidos de hombre, y lo llevaba a estrecharla en sus brazos, besándola.

**

El capitán Himcalde, parado en la popa a estribor, permaneció contemplando la ciudad en silencio.

La mansión de su infancia, que ya no le pertenecía, se distinguía desde allí. Las lámparas estaban encendidas en la sala principal del segundo piso. Pensó en el ventanal que permitía apreciar el mausoleo familiar al otro lado del jardín. En el centro del patio, flanqueado por rosales, discurría un sendero de piedras blancas. Él lo había recorrido infinidad de veces, pero sólo al estar arrodillado en el piso, de pequeño, se había percatado que el blanco no era uniforme, que en realidad eran un millar de pequeñísimas piedras de diferentes tonos claros. Al pasar los años había olvidado esa particularidad por ser irrelevante para su vida adulta, sin embargo ahora, observando la casa desde la lejanía, ese detalle volvía a él.

En el puerto los soldados continuaban en posición de vigilancia, esperando el momento de su relevo. La torre del cuartel tampoco había cambiado su apariencia, aunque el predio debajo de ella debió ampliarse. Fue imperioso para sus planes conseguir esa protección por parte del Rey, siendo esa ciudad la sede de la organización que había creado para aniquilar a los piratas.

Tiempo atrás, él mismo había comandado aquel cuartel, al igual que su padre y su abuelo. La época que pasó entre esos muros parecía lejana. Se sentía aliviado de haberlo dejado atrás. La culpa por ciertas órdenes que debió seguir aún lo perseguía. Lo perseguiría siempre.

**

La carroza avanzaba sobre el empedrado, de manera lenta, evitando dar sacudidas que pudieran perturbar a las pasajeras. Elena viajaba junto a la ventanilla, lo que le permitía observar el lugar.

—¡Habéis vuelto! —dijo con voz estridente una mujer con un vestido rojo de falda amplia.

—¡El Cazador está aquí! —se escuchó gritar a una voz masculina.

—Padre ¿Puedo ir a ver el barco? Por favor —. Un nene pequeño tiraba del pantalón de un hombre que apilaba cajas en un carro.

Quedaron lejos como para escucharlos. Elena contemplaba su entorno asombrada. El lugar era mucho más llamativo que donde ella se había criado. "Una gran ciudad", pensó. Miraba los alrededores maravillada, todas esas construcciones "¡casas de tres pisos!" No había más ruido que los murmullos de los vecinos y los cascos y ruedas sobre la calle de piedra. Las farolas de las casas dibujaban un sendero de luz y remarcaban la cercanía. En su pueblo los caminos eran de tierra y cada vivienda estaba a dos horas a pie de la otra, allí apenas se separaban por unos pasos.

Se detuvieron frente a una construcción de bloques blancos. Elena pensó que era demasiado grande para ser una casa. Ocho personas, vestidas con túnicas marrones, los esperaban paradas al frente del lugar. La ayudaron a ella y sus compañeras a bajar del carro. La puerta de entrada estaba tras cuatro escalones que ocupaban toda la fachada, cubiertos por un alero sostenido por columnas circulares. Elena levantó la vista hacia la base superior de los pilares. Nunca en toda su vida había visto algo semejante. Quería quedarse allí, a la intemperie, a pesar del frío, pero no se resistió cuando le pidieron que continuara caminando.

Las condujeron por un pasillo bien iluminado hasta una amplia sala con cerámica en el piso. Se sentía el calor proveniente de una chimenea de leños en uno de los laterales. Esperaron de pie. Una mujer mulata, con un vestido color crema, les ofreció unos pequeños recipientes de vidrio con un líquido dorado en su interior, que llevaba sobre una bandeja de plata. Elena tomó un pequeño sorbo y sintió un gran escozor en la garganta. Bebió el contenido restante para no ser descortés.

"Los buenos modos son la mayor virtud que hombres y mujeres pueden tener", le decía Madelein en cada oportunidad de regañarla.

En el esplendor y la pulcritud de aquella sala se sintió fuera de lugar. Se giró y vio a sus compañeras: los vestidos rotos y ennegrecidos, manchas de suciedad en los rostros y grandes moretones negros y púrpuras en los brazos, el pelo revuelto, enmarañado como si fuera paja. Se encogió de hombros y bajó la vista al piso en un intento por esconder su apariencia. Deseó no haberse dejado la manta en la carroza para no estar tan expuesta, el aspecto que había visto en las demás era, sin duda también, su propia imagen.

—Seguidme para que podáis asearos —dijo la mujer que les había llevado el agua ardiente.

Las guió por otro pasillo hacia una sala más pequeña; en el centro había una bañera circular en la que un grupo de mujeres estaban echando agua caliente. Wales, que había estado cargando a Isabel todo el trayecto, la depositó en una silla con suma delicadeza y se marchó.

Una de las sirvientas, de cabello rizado y labios diminutos, les avisó que el baño estaba listo. Elena y sus compañeras podían ver el vapor del agua ascender. Se contemplaron unas a otras, se fueron quitando los vestidos con recelo, con una vergüenza repleta de dignidad que en el tiempo transcurrido en la celda se habían visto forzadas a olvidar.

La joven de rizos recogió los vestidos rotos y se marchó ante la mirada atenta de Elena que no podía evitar observar a su alrededor con inquietud. Se refregaron el cuerpo con los jabones que les dieron sin mirarse unas a otras. Ninguna voz interrumpía el silencio, aunque se percibían los débiles sollozos de Estefanía. Aquello era más que sólo limpiarse la piel. Era retornar a lo que eran antes, era un intento de despojarse del tormento sufrido.

Fueron saliendo de la tina y cubriéndose con unas toallas grandes y aterciopeladas. Luego de secarse, la mulata que las había llevado hasta allí les revisó los moretones y les colocó un ungüento. El olor de la crema era desagradable, pero la piel la absorbía casi al instante.

Una muchacha de tez blanca y pelo rubio entró cargando con una pila de ropa que colocó sobre un mueble. Fue tomando los vestidos de a uno, desdoblándolos y entregándoselos en base al tamaño de sus cuerpos, comparando ambos con la vista. Era una tarea sin sentido ya que todas se encontraban escuálidas. Mientras las mujeres se vestían, la joven sacó unas gafas de su bolsillo, y anotador y pluma de una de las cómodas que había allí. Comenzó a preguntar sus nombres, edades y de donde provenían, anotándolo todo.

—Enviaremos cartas a sus familias para hacerles saber que se encuentran a salvo y, cuando todo esté dispuesto, podréis regresar —dijo.

Para entonces las mujeres hablaban de forma fluida, olvidando su cansancio, reanimadas por las atenciones que les eran brindadas.

—¿Me ha faltado registrar a alguna de vosotras? —preguntó y se dispuso a pasar lista de todos los nombres que tenía anotados.

—Elena, falta Elena —dijo Isabel, mientras dejaba que otra de aquellas mujeres volviera a vendarle la pierna.

—Está bien, Isabel, no tiene importancia.

Sabía que las otras monjas del convento la recibirían con gusto, pero no se imaginaba volver allí sin Madelein ni Glhen… ni tener que explicar sus muertes.

La muchacha de las gafas se la quedó mirando sosteniendo la pluma en el aire. Elena dio su nombre, usando el apellido de Glhen, y su edad, veintitrés.

—No tengo sitio a donde regresar —. Hizo una pausa para elegir las palabras—. ¿Es posible que encuentre un trabajo en esta ciudad?

—A Bárbara le haría bien un poco de ayuda en la posada —dijo la mujer que en ese momento ayudaba a Isabel a vestirse.

La joven de las gafas garabateo en el anotador.

—Averiguaré —dijo y se dirigió a la puerta.

**

Dos horas más tarde Elena estaba sentada a una mesa rectangular junto con sus compañeras. Había frutas, panes recién horneados, carnes y cereales. El mantel era marrón y caía sobre las rodillas de las mujeres. En el techo un candelabro, que podría aplastarlas si les cayera encima, iluminaba todo el comedor. Elena había tomado uno de los panecillos y lo fue dividiendo en trocitos y llevándoselos a la boca. Frente a ella, Isabel comía una ración de arroz y vegetales, su semblante había mejorado en relación a cuando eran prisioneras. De a poco se iba pareciendo más a la muchacha que fue empujada dentro de la celda.

—Me gusta cómo os queda el celeste, resalta vuestros ojos —le dijo Isabel al levantar la vista de su plato.

—Gracias, ¿cómo está vuestra pierna?

—Aún duele, pero con toda esta comida prácticamente lo he olvidado.

Elena se sintió reconfortada con la actitud de Isabel, sabía que la extrañaría.

Les trajeron a todas un cuenco con caldo que fueron tomando bajo la mirada estricta de la mulata. Se había quedado parada en una de las cabeceras de la mesa, sin probar bocado, observándolas con atención y respondiendo a las consultas de los sirvientes que la requerían a cada momento. El tiempo pasaba sin apuro, medible apenas por el cansancio que las iba embargando. Elena parpadeaba para combatir el sueño repentino cuando el ruido de una cerradura la hizo mantener los ojos abiertos con firmeza. Un hombre mayor apareció por una de las puertas. Caminaba encorvado, apoyándose en un bastón blanco.

—Bienvenidas, mi nombre es Francisco.

Su voz era estridente y su aspecto podría decirse que cómico. Llevaba una chaqueta verde brillante sobre una gran barriga, se pasaba una mano por la cabeza intentando disimular su calvicie avanzada. El individuo tomó una manzana de la fuente de vidrio, cerca de la cabecera vacía de la mesa, y se sentó en la silla de madera tallada que había allí.

—Es un placer teneros aquí, dejadme contarles que este edificio...

Elena no le prestaba atención a las palabras, estar allí le resultaba extraño. Era tan maravilloso que deseaba salir corriendo. ¿Había soñado ella de joven estar en un gran palacio? ¿Había deseado ella otra vida a la que había tenido? Su respuesta habría sido no. No imaginaba otra vida que pudiera complacerla más que la que había tenido, aunque una inquietud germinara en esos momento en su interior.

El capitán e Ismael aparecieron por la puerta opuesta a la que antes había entrado su anfitrión sentado a la mesa. Ella no se lo esperaba. Se quedó inmóvil, con sus dedos sosteniendo la servilleta suspendida frente a sus labios.

—¡Augusto, amigo, esta noche podré dormir en paz sabiéndote vivo! —dijo Francisco tras levantarse de la silla, acercándose al hombre con los brazos abiertos.

Llegó junto al capitán y lo abrazó, pero lo más llamativo, para Elena, fue ver al líder de la tripulación mostrando el mismo afecto y naturalidad.

—Con su permiso, señoritas, debo retirarme. Disfrutad de la comida y no temáis pedir cuanto necesitéis —dijo Francisco al separarse de su amigo, parado frente a las mujeres.

Elena no le prestó atención, su mirada se había cruzado con la de Ismael, era la primera vez que lo veía tan de cerca. Su cara era más angulosa de lo que había imaginado, pero lo demás no difería mucho de cómo lo había prefigurado: una cabeza más alto que ella, ojos negros, la barba rasurada y las manos grandes, al menos comparadas con las suyas.

Una vez que los hombres se retiraron Elena permaneció contemplando sus propias manos que, aunque limpias, seguían reflejando el tormento por el que había pasado.

**

Los tres hombres atravesaron una de las puertas que había en la sala. Caminaban por un amplio pasillo, adornado con retratos pintorescos de la familia real, siguiendo el ritmo que el uso del bastón les imponía.

—¿Los habéis encontrado en la ruta que os indiqué? —preguntó Francisco.

—Un poco más al este —dijo Augusto.

—¿Hubo inconvenientes?

Ismael avanzaba detrás de ambos hombres escuchando su conversación sin interés. Aquellos diálogos le parecían de una monotonía adormecedora, si había algo importante de mencionar sobre el viaje, el capitán nunca lo haría en el pasillo.

—Dentro de lo esperado, perdimos ocho hombres.

—¿Encontraron las joyas?

—Sí, pronto las tendréis aquí.

—Eso complacerá a su majestad.

Ismael observó cómo Augusto cerraba su mano en un puño ante el comentario de su anfitrión. Que el Rey sólo tuviera interés por recuperar las riquezas hurtadas por los piratas no era una novedad. Por el contrario, sabía que al capitán no le importaban los motivos de la corona mientras les dieran los recursos que necesitaban y los permisos correspondientes. Aunque guardaba ciertos resentimientos.

El interrogatorio concluyó al ingresar en el despacho de Francisco, una habitación de mediano tamaño, atestada de mapas y libros. El capitán se sentó en un sillón de terciopelo azul como era su costumbre, mientras su amigo servía tres vasos de whisky sobre una mesa pequeña que se encontraba al lado de la puerta. A pesar de estar atiborrado de cosas, el orden y la pulcritud eran perfectas. No había ninguna mota de polvo, siquiera en el marco superior de la ventana.

—Esta pieza es nueva —dijo Ismael que se paseaba por el despacho examinando las repisas.

—Es un regalo de la Reina, me está ayudando a convencer al Rey para incrementar los centinelas en los puertos.

Francisco continuó hablando sobre los planes para proteger las costas vecinas, pero Ismael ya había dejado de prestar atención a sus palabras, esa tarea no lo implicaba a él.

La pieza que le había llamado la atención era de plata, un dragón con cuernos y grandes alas parado sobre el carajo de un barco en miniatura. Era un trabajo realista, un armazón a escala idéntico al de El Cazador. Ismael pensó que en algún lugar perdido del mundo aún deberían existir los planos originales, pero era imposible saberlo con certeza, más tratándose de una nave de guerra considerada perdida durante medio siglo. La criatura debía estar inspirada sin duda en las historias folklóricas sobre un acuerdo firmado con sangre entre el capitán y un dragón milenario. Al joven le sorprendió que los ojos refulgieran con un destello dorado ¿Cuánto sabría la Corona sobre los términos en los que se les había sido entregado el barco?

**

Francisco recordó la primera vez que Ismael estuvo en su despacho. Era un niño por aquel entonces, aunque su comportamiento reflejaba una madurez mayor a su edad.

*Hacía apenas cinco estaciones que se había instalado allí, luego de acarrear el barco desde donde habían logrado hallarlo. Era una nave antigua, que cargaba con una larga trayectoria de batallas. Augusto había tenido que vender la mansión familiar y usar ese dinero para las muchas y complejas reparaciones que necesitaba la embarcación. Ambos habían estado al pendiente y El Cazador ya estaba a poco de lanzarse a su primera travesía.*

*Por ese entonces las estanterías no estaban tan atiborradas. Sólo descansaban en ella cinco libros de lomos gastados, una docena de pergaminos de rutas marítimas; unos escarpines celestes; y una estatuilla decorativa con forma de óvalo amarillo, del tamaño de la palma de la mano, adornando con un entramado de hilos de plata que había estado en su familia por generaciones. Este último era el único objeto vistoso en la habitación e Ismael, con doce años, lo miraba embelesado, sin atreverse a tocarlo.*

*—Podéis dejarlo aquí conmigo, le mantendré a salvo —le había dicho Francisco a Augusto.*

*La imagen que proyectaba el capitán por aquel entonces difería mucho de la actual, aunque seguro de su accionar, su dolor se translucía en sus pupilas. Su semblante era taciturno y sus ojos con frecuencia se perdían en el vacío.*

*—No dudo de ello, pero no me pertenece esa decisión.*

*Francisco, aunque consideraba que Ismael era demasiado joven para embarcarse a tamaña empresa, se guardó sus opiniones.*

En aquella ocasión, y cada vez que lo había visto, veía su determinación como si fuera un aura que lo rodeaba. Era algo que se percibía, y que reconocía y comprendía con exactitud por haberlo vivido años atrás.

Francisco colocó una mano sobre el tirador del primer cajón de su escritorio. Allí había guardado el par de escarpines celestes que su esposa había tejido para su nieto hacía más de tres décadas. Los conservaba ocultos porque no era capaz de deshacerse de ellos, aunque hacía tiempo que se había visto obligado a admitir en lo que su nieto se había convertido.

## ~~ 4 ~~

Durante dos semanas Elena durmió sobre un mullido colchón en una habitación con diez camas. Sus compañeras se iban curando de sus heridas físicas con la ayuda de los ungüentos y brebajes que les llevaba la mulata que las había recibido allí. Por las noches el silencio era inusual, el recuerdo de lo vivido impedía el sueño. Cuando las lámparas se apagaban la oscuridad las acechaba. Más de una noche Isabel se había pasado a su cama. Ella la incitaba a que le contara de su familia para que la muchacha se distrajera de las pesadillas. Elena le acariciaba el pelo hasta que su compañera se quedaba dormida.

Esa noche había sido la única en la habitación rectangular de techos altos. Sus compañeras se habían marchado durante la tarde. El silencio, la ausencia, se convertían en presencias y libertad. Era libre de llorar sin angustiar a nadie. A pesar del lujo y la comodidad, hubiera preferido volver el tiempo atrás, tener a Madelein y Glhen junto a ella.

Caminaba por las calles de la ciudad guiada por dos de los hombres que la habían recibido en la gran casona blanca. Llevaba puesto un vestido al cuello, celeste con las mangas entalladas, que le habían obsequiado junto con unas sandalias bajas de tiras de cuero. Había atado su pelo en una trenza que le llegaba a la cintura, de esa manera se sentía más segura. El día era cálido y Elena tenía un buen presentimiento.

Bajo los rayos del sol la ciudad se veía hermosa e imponente, llena de gente. Señoras, con vestidos rojo, verde y violeta, hablaban en la puerta de una tienda. Unos niños jugaban a la pelota en un lateral de la calle. El balón de cuero chocó contra los pies de Elena que lo tomó del suelo y se lo entregó a uno de los pequeños de rizos rubios.

Dejó atrás el empedrado y subió por una loma, se veía una construcción de piedra y madera, un gran letrero rezaba “Posada Esmeralda”. Elena se quedó paralizada mirando en la dirección contraria: la inmensidad del mar se extendía hasta el horizonte. En el puerto, el barco en el que ella había viajado resaltaba por sobre los demás.

Al cruzar la puerta de la posada el alboroto de voces la tomó por sorpresa, el lugar era inmenso. La gente se apiñaba en las mesas y se expresaba con naturalidad sin darle importancia a las normas de etiqueta. Olía a café y tarta de manzana, galletas y pan horneado, mermelada de durazno, naranja y frambuesa.

—Señorita Elena —la llamó uno de los hombres que la había acompañado hasta allí.

Se acercó a ellos, estaban junto a una mujer regordeta de baja estatura. La presentaron con la dueña del lugar y se marcharon.

—Podéis llamarme Bárbara, no hace falta más formalidad —le dijo la posadera.

Elena sonrió y asintió con la cabeza.

La primera impresión que tuvo fue que se trataba de una persona agradable. Llevaba un vestido marrón con un delantal gris atado a la cintura. Su cara y su mentón eran redondos, lo que le recordó a Aurora, la granjera con la que se había ido a vivir a sus trece años y que murió poco después, pero que en aquellos tres años de convivencia habían entablado un vínculo íntimo, como de madre e hija.

Bárbara tenía pechos prominentes de los cuales su escote dejaba ver más de lo que a Elena le habían enseñado como decoroso. La mujer hablaba de forma acelerada, mientras servía ron en seis porrones de madera y los colocaba sobre una bandeja. Ella la seguía por el salón, prestando atención a sus palabras. Iba por las atenciones que requería el hombre que se hospedaba en la habitación cuatro cuando se escuchó el estrépito de platos y vasos de latón golpeando contra el suelo. En una mesa, al otro lado del salón, un niño pequeño no cesaba su berrinche. El agua goteaba por el borde de la superficie de madera, mientras que la madre intentaba apaciguar al pequeño que continuaba llorando a gritos.

**

Bárbara se quedó inmóvil, con la bandeja con los porrones de ron haciendo equilibrio en su mano. Se dispuso a indicarle a su nueva ayudante dónde podía encontrar los elementos para limpiar, pero la joven se había marchado. Paseó la vista por el comedor hasta que la vio salir por la puerta de la cocina con el balde y un trapo en las manos. La vio inclinarse junto a la mesa, recoger la vajilla y limpiar la bebida derramada mientras entonaba una dulce melodía que hizo callar al crío.

—¡Margarita! —llamó Bárbara a su hija apenas mayor que una niña. Vestida con un atuendo rosa compuesto de corset y falda, y un delantal gris, se acercó a la posadera esquivando las mesas y comensales sin necesidad de mirar—. Entregad esto a la mesa dieciocho —le dijo cuando la muchacha se acercó, dándole la bandeja, distrayéndose por un instante con las pecas que cubrían el rostro de su hija.

Bárbara continuó parada donde se había quedado observado a su nueva empleada y cuando Elena levantó la vista, ambas mujeres se encontraron reflejadas en los ojos de la otra. La posadera presenció cómo la joven le daba un beso en la frente al niño al que le había estado cantando, que había parado de llorar y la miraba con fijeza. Aquel gesto le evocaba, a la dueña del lugar, un pozo profundo de vivencias ausentes, que intuía, Elena también sentía.

**

La cocina era tan grande como el salón, había tres mesas de madera casi de una punta a la otra y dos hornos a leña, además de las paredes recubiertas de estanterías.

—Te estropearéis esa ropa fregando —dijo Bárbara desde el marco de la puerta.

Le indicó que la siguiera. Subieron las escaleras y recorrieron un angosto pasillo. Elena estudiaba el lugar con la vista, todas las puertas eran iguales, blancas con el número en el centro pintado de verde y el picaporte de bronce. La posadera se detuvo frente a la habitación trece, abrió y le entregó la llave.

—Poneos cómoda mientras voy a buscaros algunos vestidos.

La alcoba era más grande que la suya en el convento, donde los únicos muebles eran la cama, un baúl pequeño y el altar ante el cual arrodillarse al rezar. En esa habitación de la posada las paredes eran color verde y había grandes roperos. Lo que más llamó su atención fue un espejo de cuerpo entero al lado de la cama, tenía los bordes tallados como si estuviera recubierto por una enredadera. Elena acarició las hojas de madera mientras contemplaba su rostro reflejado.

¿Habría similitud entre la imagen que veía y las facciones de su madre? Si llegara a encontrarla algún día, ¿se vería reflejada en ella? La muerte de Madelein y Aurora, ambas la habían querido como a una hija, incrementaba su deseo de saber sobre la mujer que la había llevado en el vientre. ¿Había sido arrebatada de los brazos de su madre al nacer o había sido rechazada por ella?

Se soltó el pelo y observó el cambio. Peinándose con la mano se acercó a la ventana y se enamoró del paisaje: la inmensidad del cielo y el mar. Era como si la colina se acabara de pronto y la continuara el azul del agua bajo un cielo sin nubes con rayos naranjas atravesándolo. Como si el horizonte desapareciera y lo reemplazara la continuidad del océano en un romance eterno con el sol.

**

Por la noche los recuerdos la invadieron.

*Acababa de cumplir trece años, caminaba por un sendero de tierra al lado de Madelein, llevando un paquete con sus pertenencias. Acariciaba con la yema de los dedos los bordes de la cruz de plata que tenía colgada en el cuello. La monja se la había regalado el día de su cumpleaños. Desde pequeña había sabido que los hábitos no eran para ella, pero le costaba aceptar la idea de vivir lejos del convento.*

*Se desviaron del camino pisando sobre el pasto que les llegaba a las caderas y poco después cruzaron una verja de madera pintada de blanco. La mujer, llamada Aurora, la esperaba en la puerta de la casa, aún vestía de negro y no parecía percatarse de las gallinas caminando alrededor de sus pies. Estaba tal cual Elena la recordaba, con el pelo gris en un gran rodete y con un rosario enlazado en sus dedos, los ojos vidriosos y ojeras negras como en el funeral. "Esta mujer ha perdido a su hija, está sola en la granja y su cuerpo ya es viejo. Será provechoso para ambas que vayáis a vivir con ella y le ayudéis con las labores", le había dicho Madelein luego del entierro.*

El canto de un gallo la despertó. Se descubrió recostada en la habitación trece de la Posada Esmeralda con los ojos húmedos por los recuerdos de la anciana que la había recibido en su casa.

Una vez que hubo silenciado su dolor, se vistió y bajó a la cocina. Pensó que se encontraría allí con Margarita, "Magui", pero no fue así. La hija de Bárbara era siete años menor que ella y su rostro estaba cubierto de pecas que combinaban con su cabello rojizo. La idea que se había formulado sobre la muchacha el día anterior era la de alguien entusiasta y trabajadora, pero al parecer aún dormía.

Se escuchó la campana de la entrada y Elena se dirigió a atender. Sentado al otro extremo del salón, en la mesa más alejada de la puerta, mirando los campos por la ventana, estaba Ismael. Ni bien reconocerlo se desató la trenza e intentó alisarse el cabello.

—Buenos días, señor ¿qué gustáis desayunar? —dijo haciendo gala de buenos modales.

Él se giró para mirarla y ella sintió que su pulso se aceleraba. Ismael permaneció en silencio recorriendo su cuerpo con la vista. Ella se dio cuenta del escrutinio y permaneció callada pensando en cómo había cambiado su apariencia desde la última vez que se habían visto. Los moretones de sus brazos eran menos llamativos y su rostro tenía un tono más vivo en comparación con la palidez de cuando fue rescatada. Había recuperado el peso y la actitud activa que siempre la había caracterizado. Él seguía teniendo la misma apariencia, seguía generándole tanta curiosidad como cuando lo contemplaba en la cubierta del barco al amanecer.

—Café negro, por favor —dijo Ismael de pronto, sacándola de sus cavilaciones.

Su voz áspera retumbó en el salón vacío. Ella asintió y se dirigió a la cocina. En el momento que se volvió, antes de atravesar el umbral tras la barra, las miradas de ambos se cruzaron. Tuvo la sensación de que el tiempo se había detenido. Escuchaba el eco de sus propios latidos. Sensaciones que supo sentir hacía tiempo volvieron a hacerse presentes, acompañadas por el recuerdo de esos labios que rozaban los suyos, las manos que la acariciaban desatando los cordones de su ropa con una promesa de un amor que siempre supo sería efímero.

Una vez a resguardo, tomó un jarro de la alacena y lo llenó con agua que puso a calentar. Colocó los granos molidos en el filtro y lo apoyó sobre los bordes del recipiente que había puesto en el fuego. Pensaba en Bahuel, en la primera vez que lo vio, parado en el otro lado de la verja de la granja con su uniforme de soldado. En su aceptación del romance a pesar de saber que se marcharía, en el recuerdo de su ternura, de su tacto.

—¿A que no es el hombre más hermoso del mundo?

La voz de Magui entrando la sobresaltó. Contuvo un grito al tirarse el café caliente sobre la muñeca. Soltó la taza al instante, que cayó en la mesa derramando lo ya servido. Ignoró el desparramo y se acercó al balde de agua que había recogido de la bomba al levantarse. Inspirando y exhalando tomó el cucharón y llenó un pocillo para luego colocar la mano dentro.

—No lo sé —dijo intentando parecer indiferente—, no conozco a todos los hombres del mundo —agregó dándole vueltas a la idea en su cabeza.

—Estáis interesada en él —dijo la muchacha descolgando su delantal de un clavo tras la puerta y atándoselo a la cintura.

Elena permaneció callada, como si no hubiera escuchado. Mojó un trapo que encontró cerca y se envolvió la mano con él.

—Todas las mujeres se fijan en él, seguro que vos también lo has hecho.

Elena volvió a servir el café y colocó la taza sobre una bandeja.

—Mi madre lo adora, dice que sería el marido ideal de cualquier mujer.

Elena se dirigió a la puerta, las palabras de la joven la incomodaban.

—¡Espera! —le gritó Magui de golpe—. Te faltan las tostadas con miel.

—Únicamente me pidió café. —La muñeca le ardía y no se sentía con ánimos para continuar esa charla.

—Siempre las come... ¡y desayuna aquí todos los días cuando están en tierra! —La muchacha se colocó delante de la puerta con las manos en las caderas.

Elena dejó la bandeja en la estantería más cercana y se acomodó el trapo que se había puesto en la mano. Magui continuó hablando. Ella escuchaba su voz sin llegar a distinguir las palabras, era demasiado temprano para tal aluvión que embotaba sus oídos. Sumado a que no le interesaba discutir sus sentimientos hacia el joven sentado en el comedor.

—Iré a sacar agua de la bomba —dijo y se marchó por la puerta trasera.

**

Ismael pasó la mañana conversando con Magui. La muchacha le había llevado el desayuno ya que, según le dijo, Elena estaba ocupada. La hija de Bárbara siempre había sido como una hermana pequeña para él. Con el paso de los años el cariño mutuo era cada vez mayor.

Magui le contó las novedades del pueblo y las anécdotas graciosas que habían ocurrido en la posada esos meses. Reían e Ismael la regañaba por los comportamientos groseros que formaban parte de los relatos. No hablaban del barco, no hablaban de piratas, sólo cosas alegres, como un respiro por sobre una pila mortuoria de hechos y recuerdos dolorosos.

—Debo volver a la cocina —dijo Magui cuando más huéspedes aparecieron en el comedor, acercándose a Ismael para darle un beso en la mejilla.

—Os veré mañana, pequeña.

Ismael había conseguido relajarse un rato con la compañía de Magui, verla bien era un alivio. Siempre se sorprendía de lo mucho que ella crecía durante su ausencia, su cuerpo ya era el de una mujer, sin dejar rastros de la niña pequeña con la que jugaba a las escondidas. Sintió culpa por no estar allí para asegurarse que nadie le pusiera una mano encima. Pero ese remordimiento no evitó que volviera a pensar en Elena. No era usual para él que una mujer ocupara su mente de manera constante. Esperaba tener la suerte de poder cruzar algunas palabras con ella en los siguientes días.

"Sólo para asegurarme que esté bien", se dijo.

**

El capitán estaba parado en el muelle viendo como los hombres que trabajaban con Francisco descargaban el barco, mientras un recuerdo invadía su mente.

*Se vio a sí mismo años atrás con su uniforme de comandante bajando por la rampa de tablones de madera. Sobre la cubierta de un barco pesquero, de veinticinco metros de eslora, un grupo de marineros aguardaban hablar con él para poder retomar su viaje. El olor que despedían las redes era abrazador, amenazando con romper su compostura. Las lágrimas estaban aguardando tras sus párpados, las podía sentir.*

*—El General Augusto Himcalde —fue presentado.*

*El capitán del barco pesquero, un hombre entrado en años, de baja estatura y con prominente barba, se mostraba tranquilo y dispuesto a responder a los interrogantes de Augusto. Él tenía que hacer un gran esfuerzo para contener su tristeza y asimilar la información.*

*—Nos dimos cuenta que el barco estaba a la deriva —comenzó el anciano tras la indicación de uno de los subalternos—, sin las velas desplegadas.*

*Augusto se dio cuenta de que el hombre dudaba de si debía repetir las coordenadas de las que, con seguridad, sus oficiales ya habían tomado nota. El marinero parecía esperar a que él lo interrogara, pero las palabras no salían de su boca. Se mantenía firme mirando más allá del rostro del hombre, como si estuviera ausente de su cuerpo.*

*—Continuad, por favor —indicó el cabo parado a su lado.*

*El marinero se rascó la barba y prosiguió con su relato, dejando de lado las formalidades.*

*—Mis hombres se asustaron al ver la bandera negra y confieso que yo también —dijo dando la sensación de estarlo contando a alguien en una taberna—. Pensamos en alejarnos, pero al observar con más detenimiento con el telescopio, vi a una mujer sobre cubierta. Lo evaluamos un rato antes de acercarnos y no distinguimos movimiento. Subimos a bordo revisando todas las salas con cuidado, no había nadie más con vida. La sobreviviente se encontraba débil, le resultaba imposible ponerse de pie, apenas si conseguimos que bebiera agua. No fue fácil, pero logramos remolcar el barco hasta este puerto. —El hombre se acercó más al general como para hacerle una confesión—. No hubiera podido marcharme dejando a la dama librada a su suerte. No paraba de pensar que podría tener esposo e hijos.*

*—Los tenía —dijo Augusto sin poder evitar que las lágrimas se derramaran por su rostro—. Os lo agradezco —agregó tendiéndole la mano.*

**

Tras terminar con sus tareas Elena se aseó y se vistió con ropa limpia. Salió de la posada hacia la parte más alta de la colina, allí se sentó en el pasto a contemplar el mar bajo la puesta del sol. A esa hora no había clientes y podía tomarse un descanso.

Habían pasado ocho semanas desde que desembarcaron. En la posada había mucho por hacer todos los días, pero le agradaba. El salón comedor siempre estaba lleno a la hora de la comida y el único tema del que escuchaba hablar era del barco: El Cazador.

Elena estaba sentada sobre el pasto con las piernas cruzadas, desde allí podía ver el puerto y a los hombres que la habían rescatado trabajando en la embarcación. Estaban quitando las velas blancas. Ella los observaba en silencio con las manos sobre su regazo jugando a pasarse entre los dedos una cinta rosa para el pelo, de la misma forma que solía hacerlo antes con la cadena de la cruz de plata que Madelein le había regalado. Pero la diferencia de peso de ambos objetos hacía que la costumbre que antes la calmaba ya no lo hiciera. Había cosas que no era posible reemplazar.

La franja superior del lateral del barco aún estaba pintada de rojo, pero pronto cambiaría su color. De ello se había enterado en el comedor de la posada: cada vez que El Cazador anclaba en la ciudad, le cambiaban el aspecto para que no fuera identificado una vez en las aguas. Dudaba que la estrategia funcionara, el barco era grande e imponente. Dudaba que existieran otros de semejante tamaño, aunque quizás sí, había tantas cosas que ella desconocía. Cada vez era más consciente de ello.

Pensó en su madre, aquella mujer sin nombre que la había llevado en el vientre. ¿Cómo podía hacer para obtener información de su paradero? ¿Había realmente alguna posibilidad de hallarla? ¿Qué le diría si la encontraba? Se llevó la mano al hombro, una marca distorsionada era su única pista. Una marca hecha a fuego como las que tenía el ganado cuando iba al mercado en su pueblo. Esa semejanza siempre la había perturbado.

Al regreso hacia la posada, encontró a Bárbara renovando la pintura verde del cartel del establecimiento.

—Es un nombre extraño, aunque cálido, ¿tiene significado?

La posadera se había mostrado amable con Elena y ella le había tomado cariño enseguida por el parecido que le veía con Aurora, un parecido, ahora, no sólo físico.

—Entremos, os contaré una historia —le dijo Bárbara tras bajar de la escalera.

Ella la siguió hasta la cocina y permaneció en silencio mientras la mujer preparaba dos tazas de chocolate caliente.

—Esmeralda es el nombre de una piedra preciosa de color verde —le dijo revolviendo con la cuchara en su taza de cerámica.

El ambiente se sentía íntimo y la cercanía entre ambas le recordó a cuando, en su primer día allí, cruzaron sus miradas mientras ella limpiaba el berrinche de un niño pequeño, a la vez que intentaba apaciguarlo.

—Yo vivía al otro lado del mar... mi familia era rica, dueña de una cantidad inmensa de tierras. Teníamos muchos sirvientes y varios profesores me daban clases todos los días. Mis padres estaban siempre de viaje, iban a reuniones importantes con gente también de alta cuna. Los veía poco, pero me enviaban obsequios.

Bárbara se detuvo y bebió dos sorbos de su taza, la apoyó sobre la mesa y le agregó una cucharada de azúcar. Elena sostenía la bebida caliente entre sus manos, observando a la posadera. No dijo nada, sólo esperó a que la mujer continuara contándole su historia, dispuesta a narrarle la suya cuando llegara el momento.

—Tenía doce años cuando se decidió mi matrimonio con un hombre treinta años mayor. La unión fue celebrada con un gran banquete. —Bárbara parecía ausente, miraba más allá del hombro de Elena, como si sintiera remordimiento—. Tuve un vestido blanco, de encaje, con muchos brillantes y mi marido me obsequió una cadena de oro con una esmeralda del tamaño de la palma de la mano. —La posadera hizo una pausa y volvió a llevarse la taza a los labios.

Elena no se atrevía a mirarla a los ojos, tenía la sensación de estar invadiendo un espacio personal.

—Al poco tiempo quedé embarazada, pero mi hijo nació muerto.

Elena podía sentir sus latidos en el silencio sepulcral de la cocina. Dar a luz a un niño sin vida, cargarlo en los brazos sin comprender, con el peso de la culpa aplastándola y la furia creciendo sin límites, sabía lo que se sentía. Lo había vivido.

—Intenté quitarme la vida arrojándome por un balcón —prosiguió Bárbara—. Odiaba todo, mi matrimonio, a mi esposo, deseaba que algo le pasara, le deseaba la muerte. No podía hacer más que pensar que era culpa de él.

Elena miraba sus manos con la taza sobre su regazo. El relato de Bárbara continuó mientras ella escuchaba con atención, pero la opresión que se había instalado en su pecho no se iría jamás.

La posadera le contó sobre el nacimiento de Magui y lo mucho que eso la cambió. Sobre los viajes que comenzaron a realizar cuando la niña tenía dos años. Elena abrió los párpados cuando sintió que la tomaba de la mano. Dejó la taza sobre la mesa y contempló los ojos de Bárbara, ahora comprendía porque se había sentido tan cercana a esa mujer desde que la conoció.

Le sonrió a la posadera, con los ojos brillosos y un temblor en el pecho que subía por su garganta. No se sentía capaz de hablar, no tenía deseos de pronunciar las palabras. La profundidad de la mirada de ambas bastaba para ofrecer esa complicidad que sólo podía unir a dos mujeres, la pérdida de un hijo.

La posadera le acarició el rostro con mucha ternura y continuó su relato.

—Faltaban pocos días para llegar a nuestro destino cuando divisamos un barco pirata que se mostraba presto a atacarnos. Mi marido gritó que fuéramos a los botes y por primera vez le obedecí sin protestar. El capitán, que estaba cerca de nosotros, le dijo que no sería posible escapar a remo, pero mi marido tenía otro plan. "No, pero podremos distraerles mientras las mujeres escapan", le contestó. Sentada en el bote, con Magui llorando apretada contra a mi cuerpo, extendiendo su pequeño bracito hacia su padre, observé por última vez el rostro de mi marido que me sonreía. En ese momento me di cuenta de cuánto merecía ese hombre mi respeto.

**

Los días continuaban pasando, Elena se despertaba transpirada por las pesadillas. Soñaba que estaba a bordo de un barco pirata y que intentaba proteger a un bebé que lloraba en sus brazos. El asesino de Madelein, aquel hombre con el párpado derecho cocido, le instaba a que le entregara a la niña.

Detestaba despertarse sudada, pero no encontraba forma de evitarlo. Bárbara escuchaba sus tormentos con calma y le ofrecía su consuelo en forma de compañía. "Quizás no se vayan nunca, lo importante es que lo aceptéis como parte de ti, pero que no dejéis que te aprisionen", le dijo la posadera en una ocasión.

Contemplaba el mar por la ventana cada mañana y en sus ratos libres se paseaba por la ciudad siempre dirigiéndose al puerto. Solía llevar migas de pan que recogía en la posada para alimentar a las gaviotas. Se sentaba sobre uno de los muelles, el más alejado, donde no era habitual que pasara gente, y colocaba los pies en el agua salada. Observaba El Cazador, y sentía el deseo absurdo de acariciar la madera. Esa superficie limpia y cuidada que la había rescatado. Que atraía el sol hacia sí como si lo enamorara. Un barco que era capaz de hacerle creer que el mar era un lugar hermoso, incluso después de lo que había vivido.

## ~~ 5 ~~

Elena estaba sentada en el comedor de la posada hablando con Julio. Los marineros de El Cazador ya habían brindado en honor de Bárbara, como agradecimiento por esa cena exclusiva y su amabilidad. Tenían abiertas las puertas de la posada para comer y dormir cuando gustaran, aunque no lo hacían con asiduidad.

—¿Puedo unirme a vosotros? —preguntó Esteban al acercarse.

Ella lo notó tímido, con los hombros hacia adelante como si curvar la espalda pudiera protegerlo ¿de ella? ¿de su rechazo? Le daba impresión su figura escuálida.

—Sentaos, por favor.

Había pasado todo el día cocinando y limpiando, también tuvo que explicarles a los clientes habituales que esa noche sería una cena privada, cosa por la que más de uno se puso a insultarla. Luego de recoger los platos, acabada la comida, sentía que tenía derecho a un descanso, disfrutaba de las historias, que Julio le narraba, sobre las travesías a bordo de aquel galeón que la había rescatado. Estaba inmersa en el relato de una de las tormentas que El Cazador había padecido en altamar, pero las constantes interrupciones de Esteban provocaron que ambos marineros se pusieran a discutir. Eso dispersó la atención de Elena. Su mirada se posó en la puesta, aunque de forma disimulada. Esperaba ver entrar a Ismael.

Sus conversaciones hasta entonces, cuando le servía el desayuno, café negro con tostadas con miel, tal como Magui le había dicho, sólo habían consistido en comentarios sobre el clima y la cantidad de trabajo en la posada. Esa última semana, al depositar la taza y el plato frente a él, le había dado la impresión de que tenía algo para decirle.

Los marineros que estaban allí, a veces, iban a comer a la posada y aunque los veía mantener distancia con los demás comensales, siempre tenían palabras cálidas para ella. Los hombres a su alrededor comenzaron a golpear sus vasos contra las mesas y uno se acercó a preguntarle si se podían reponer las botellas vacías. Se puso de pie y se dirigió a la cocina seguida por el marinero. Abrió la puerta y le indicó que tomara las botellas que estaban en unos cajones bajo las estanterías, que Bárbara había comprado esa mañana destinadas a aquella reunión.

Se quedó esperando mientras las bebidas eran sacadas en la cocina y depositadas sobre la barra, y de ahí se distribuían de mano en mano. Se mantenía indiferente a ese ir y venir. Su atención estaba puesta en la posadera que conversaba con el capitán en el extremo opuesto de la tabla de madera. Augusto, allí sentado, con el vaso de ron a centímetros de los labios y un atuendo más informal del que le había visto usar a bordo del barco, le daba la impresión de un hombre cansado, que se resignaba a su malaventura.

Elena se acercó hacia donde se encontraban para tomar más vasos de debajo de la barra y pudo escuchar un fragmento de la conversación.

—Arrojadla por mí —dijo Bárbara entregándole una moneda de oro que acababa de sacar de su escote.

Augusto Himcalde la tomó y la guardó en el bolsillo de su camisa.

—Siempre lo hago.

Elena les alcanzó los vasos a los marineros, pasó un trapo por la barra y se adentró en el comedor sin poder dejar de buscarle significado a las dos frases que acababa de escuchar, y el sentido a aquella moneda de oro.

Las voces dispares de los marineros comenzaron a aunarse hasta que se convirtieron en un nombre que se repetía a coro como una exclamación. "Wales, Wales, Wales..."

—Regresasteis justo a tiempo, señorita, no querréis perderos el inicio —le dijo Julio mientras ella se sentaba a su lado.

Elena vio a Wales ponerse de pie en un extremo del salón, caminar hasta la última mesa del comedor y sentarse cruzado de piernas sobre la superficie de madera. Se hizo un repentino silencio. Magui se adelantó y se acomodó con los brazos cruzados sobre la mesa donde Wales estaba arrellanado. Él le dedicó una sonrisa a la muchacha y comenzó su relato.

—Tiempo antes a nacer nuestros antepasados, hacia el norte, existía una tribu bendecida por *Tehteöh*. Adentrándose en el mar los peces nadaban entre sus piernas. Vivían tranquilos respetando costumbres sagradas. Tallaban tótems, componían música, contaban historias.

››Natsilane era joven guerrero destinado convertirse en Jefe. Tenía en la pesca superiores destrezas y profesaba respeto devoto por *Tehteöh*. Sus hermanos fueron consumidos por envidia en la ceremonia de sucesión. Un día insistieron con pescar en alta mar, alejándose más que nunca de la orilla. Al no verse la costa, los tres jóvenes tiraron a Natsilane de canoa y remaron regresando a la aldea.

››Minutos pasaron y terrible tormenta golpeó el mar. Natsilane no encontró refugio; flotaba entre aguas revueltas. Fue rescatado por nutrias que lo llevaron a isla desconocida. Allí había árboles frutales y bancos de peces para estar el resto de vida. Pero Natsilane rechazó oferta de *Tehteöh*.

—*Tehteöh* significa Dioses —susurro Julio al oído de Elena.

Ella tenía los codos sobre la mesa, con las palmas de las manos apoyadas en sus mejillas, sosteniendo su rostro. No había murmullos ni sillas corriéndose, nada interrumpía el relato de Wales. Todas las miradas estaban puestas en ese marinero. La forma en que hablaba no era correcta, pero tras haberlo escuchado conversar en otro idioma, ella comprendía la dificultad de tener que expresarse en una lengua adquirida de forma tardía. Sin embargo, esa falencia no opacaba la historia, la hacía sonar diferente, lejana en el tiempo, y le producía mayor interés.

—Natsilane caminó entre vegetación —continuó Wales—, sin importarle paso del tiempo, hasta encontrar un gran cedro. Arrastró hasta la playa y talló una bestia en tronco, un tótem desconocido con forma de enorme pez. Luego lo llevó hacia el mar. La estructura se hundió en fondo de arrecife y desapareció. Natsilane sentó a esperar. El agua comenzó a salpicar; y produjo gran barullo. Del agua salió el tótem, no una escultura, salió una ballena. Gran pez negro con vientre blanco y aureola blanca alrededor de ojos. Natsilane se montó en su lomo tomándose de aleta que el animal tenía en espalda.

››Y la bestia llevó hasta su aldea. Reinaba la tiranía de los tres hermanos, que quedaron aterrados por regreso de Jefe.

››Como castigo... fueron arrojados a fauces de ballena.

**

Elena aún mantenía el relato de Wales en su cabeza cuando salió por la puerta trasera de la cocina con las cubetas vacías. El pozo de agua estaba a unos metros; soplaba una briza agradable que le refrescó el rostro. Depositó los recipientes sobre el pasto y permaneció mirando el cielo, sus miles de puntos destellantes. Volvió la vista al escuchar el sonido de las poleas y la cubeta al caer. Ismael estaba a su lado, haciendo su trabajo.

—Os habéis perdido la historia.

—Sí, lo sé. Tiene un repertorio impresionante, nunca le he escuchado repetir un relato en más de diez años.

Ismael le hablaba con la misma naturalidad que lo hacía cuando iba a desayunar, pero ella se percató de que esquivaba su mirada. Ató la cuerda, tomó las cubetas llenas, una en cada mano, y se dirigió a la posada. Elena fue tras él. Lo observó caminar delante de ella, con los músculos de los brazos tensos. También prestó atención a sus hombros anchos y su cintura más pequeña, y a la forma en que el pantalón se ceñía a su cuerpo bajo el cinturón de cuero. Sin proponérselo se lo imaginó desnudo recostado sobre su cama, con un brazo doblado bajo la cabeza y mordiéndose el labio mientras la instaba a desvestirse.

Él entró a la cocina y colocó el agua sobre una de las mesas, agarró un cucharón y un vaso de las alacenas. Lo llenó y se lo ofreció. Elena lo aceptó ante su mirada interrogadora. El modo en que actuaba lo hacía parecer tenso, por completo diferente como se comportaba al ir a desayunar.

—Sentaos.

Ella obedeció y acercó el vaso a sus labios mientras Ismael comenzaba a fregar los platos. Era como si fuera parte de la cocina, por extraño que le pareciera tenía la seguridad de que él se sentía cómodo realizando esa tarea tan mundana. Sus recuerdos de estar en brazos de los piratas aparecieron contra su voluntad despertando en ella el deseo de llorar y estropeando su fantasía anterior. Quería pensar que Ismael sería como Bahuel, que la trataría con delicadeza y que procuraría que ella lo disfrutara, pero la duda y el temor se imponían. Su cuerpo siempre cargaría con las marcas de haber sido usado contra su voluntad. ¿Podría volver a disfrutar estando en los brazos de un hombre?

—Tenéis que beberlo —le dijo Ismael mirándola mientras señalaba el vaso frente a su rostro con un plato chorreante en la mano.

El agua fría recorrió su garganta y la ayudó a dejar sus deliberaciones de lado. Podía darse la oportunidad de conocer a Ismael y aquel era el momento perfecto para hacerle preguntas. Comenzó a darles forma en su mente con cuidado de que no fueran demasiado directas. "¿Alguna vez te habéis casado? ¿Dónde nacisteis? ¿Hay alguna mujer en la ciudad que aspiréis cortejar?".

—El barco está listo para zarpar —dijo él de pronto.

Eso era lo opuesto a lo que quería oír, su romance acababa de terminar antes de que hubiera comenzado. Sacudió su cabeza a la vez que eliminaba los pensamientos que había estado urdiendo.

—¿Es lo único que os retenía? —preguntó.

—En realidad depende de que Francisco haya hecho su trabajo, pero no hablemos de eso ahora.

—A sus órdenes —dijo ella sin pensarlo y ambos comenzaron a reír.

—Me agradáis más de esta manera, con las mejillas encendidas.

Elena se sintió tan relajada como no había estado en mucho tiempo.

—¿Quisierais permanecer más tiempo en tierra?

—Puede que esta vez sí.

—¿Esta vez?

Ismael no respondió a la pregunta, sino que comenzó a apilar los platos limpios. Sólo le dedicó una sonrisa que la hizo intuir la respuesta.

**

Luego de que la luna volviera a quedar tapada, antes de que el sol tocara su punto más alto, sentado en el sillón de terciopelo azul, Augusto esperaba a que su amigo terminara de organizar los papeles sobre el escritorio. Francisco revisaba los documentos dentro de una carpeta de solapas marrón para pasar a otra, su rostro se veía turbado.

—¿Qué pasó con los días en que al llegar ya me encargabais la siguiente travesía? Pareciera que esta vez no has hecho vuestro trabajo —dijo con ironía, intentando que el anciano se relajara.

Francisco se sentó con pesadez, tamborileaba los dedos de una mano en el apoyabrazos. Bebió agua de un vaso de vidrio, cerrando los ojos hasta depositar el recipiente vacío sobre el escritorio.

—He recopilado información sobre dos embarcaciones. Llevan pocos meses en alta mar y sus piratas son, en su mayoría, novatos —dijo al cabo de unos minutos, luego calló y dirigió la vista al techo.

—¿Cuál es el inconveniente? —preguntó Augusto tajante, le irritaban las verdades a medias.

—El Tagurvias.

Augusto comprendió la aflicción de su amigo. Sabía que tomar la decisión de atacarlo sería demasiado difícil para él.

—¿Qué fue esta vez?

—Incendiaron dos de los puertos más importantes de comercio con el sur. Y atacaron una isla del norte. Los barcos comerciales que cumplían con su itinerario, encontraron la aldea masacrada, fue prendida fuego por completo. Había un decreto para no interferir con la vida de esos aborígenes por los ungüentos medicinales que proporcionaban a la corona.

Augusto parecía haberse perdido en sus propias cavilaciones, la furia se notaba en su rostro.

—Entregadme la carpeta —le espetó el capitán poniéndose de pie—. Sabíais que tendríamos que enfrentarlo algún día —dijo parado junto a la puerta abierta.

Los ojos de Augusto estaban clavados en los de Francisco, que contenía la respiración, y que, tras un momento eternamente doloroso, asintió con la cabeza.

**

Bárbara entró en la cocina y se encontró allí a Elena contemplando el sol por la ventana mientras lavaba los platos del almuerzo. Habían pasado diez días desde la reunión exclusiva en la posada, y los rumores de la partida de El Cazador recorrían la ciudad como una brisa otoñal. Pero la posadera fue una de las primeras en saberlo, de boca de Augusto, incluso antes que la tripulación. Así como también le había dicho que esta vez irían tras Tagurvias, algo que en tierra sólo sabían Francisco y ella.

Observó a Elena, que limpiaba con la mirada ausente. Al igual que Magui, la joven parecía desanimada desde que se conoció la noticia. Pero su hija ya estaba habituada a la sensación que traía la inminente partida del barco. Así era la cadencia de sus vidas, sufrir la marcha y esperar el regreso. Un cambio que no era sólo interno. Ya no había tantos comensales en la posada, los cotilleos sobre El Cazador habían ido mermando y el establecimiento comenzaba a volver a la normalidad. Del alboroto extremo a una tranquilidad dolorosa.

Esa mañana Ismael no había ido a desayunar, era común el día que partían, pero a Bárbara se le pasó por la mente que su protegida no lo sabría. Luego de la reunión allí con todos los tripulantes del barco, había observado que Ismael y Elena conversaban con mayor naturalidad y parecían más cercanos. El romance había surgido entre ellos, por más que ambos guardaran distancia del otro por temor a resultar lastimados.

—No os preocupéis, siempre viene a despedirse —le dijo Bárbara acercándose a su empleada—. Ve a arreglaros, poneos uno de los vestidos elegantes que os he prestado. Yo terminaré de limpiar.

La partida era dolorosa, un dolor que se extendía el tiempo que duraba la incertidumbre. La posadera no era una mujer de lágrimas, pero algo se quebraba en ella con cada último beso. Aún estaba desnuda y enredada en las sábanas, esa mañana, cuando Wales se vistió, le dio un último largo beso en la frente y se marchó. Quizás para siempre.

**

Tras subir a su habitación, Elena cerró la puerta y se acercó al armario dubitativa. Tomó dos vestidos de los que le había prestado Bárbara y los colocó sobre la cama. No los había usado aún, cohibida por el hecho de parecerle demasiado ostentosos. Uno era negro de anchos tirantes y bordados blancos en la cintura. El otro, color carmesí, con una falda larga con pocos pliegues y un corset recto sobre el busto. Se probó el rojo, se soltó el pelo y se contempló en el espejo. Una vez más, apareció en su mente la pregunta de cómo sería su vida de haber sido criada por su madre de sangre. La imagen que se reflejaba era distinta a la que estaba acostumbrada a ver. Se dio cuenta con nostalgia que los años habían transcurrido, que las circunstancias habían alterado quien era. Las pesadillas, los largos instantes de contemplación solitaria, el sentimiento de pérdida siempre presente, el temor a rendirse al estigma de la víctima, el odio que día a día crecía más dentro de ella, eran sensaciones que por momentos le parecían ajenas.

Cuando Elena bajó al comedor vio a Ismael parado junto a la puerta. Bárbara lo tenía tomado de las manos, le acariciaba el rostro y, aunque Elena no podía escuchar sus palabras, presentía que le pedía que regresara con vida. La conmovió el afecto maternal con que lo trataba. Él parecía triste, pero también ansioso. Vio como la posadera le dio un beso en cada mejilla y le hizo la señal de la cruz sobre la frente. Como una madre dándole la bendición a su hijo antes de tener que dejarlo marchar.

**

—Parece que os extrañará —Ismael escuchó la voz de Elena a su espalda.

—Es una gran mujer, yo también la extrañaré, y a su comida desde luego —dijo volteándose, pero con la vista fija en la puerta de la cocina por donde la posadera se había marchado.

Era más fácil decir aquello que explicar el amor que sentía hacia Bárbara; cómo había aparecido en su vida con los brazos abiertos cuando él más necesitaba el consuelo de una madre; cómo lo ayudó a comprender que él era lo más importante para su padre, aunque no se lo demostrara; cómo le enseñó a aceptar que el dolor y el vacío que sentía lo acompañarían el resto de su vida.

Dirigió su vista a Elena y todo le pareció desaparecer. Ya no escuchaba a la pareja que discutía en el comedor ni las exclamaciones de los jóvenes que apostaban a los dados en una mesa próxima a él. Hubiera jurado en ese mismo instante que era la mujer más hermosa que existía en la tierra. La recorrió con la vista, sus caderas, cintura, pechos, cuando llegó a su rostro vio como un leve rubor había teñido sus pómulos. Pero a pesar de que la consideraba única, sus ojos azules, esa mirada profunda, le resultaron conocidos.

No mediaban palabras, tan sólo se contemplaban, pero la exquisita embriaguez que él sentía se convirtió en estupor al quitarle un mechón de pelo llevándolo detrás de los hombros y ver allí, sobre la piel de Elena, una marca. Un grabado a fuego, deformado, pero reconocible, de dos carpas enfrentadas en forma circular. Ismael sacó de su bolsillo una cadena con una pieza de bronce de la pareja de peces, sosteniéndola sobre la palma de su mano. Levantó la vista hacia el rostro de la joven y se percató de su confusión.

Pasó la yema de sus dedos por la cicatriz y las palabras salieron de su boca antes de poder evaluar si era pertinente confesar aquello.

—Mi madre lo hizo para poder encontraros, pero os creíamos muerta —dijo como si hablara consigo mismo.

No la miraba a los ojos, continuaba contemplando la marca sobre la piel. El silencio se hacía cada vez más pesado.

—Debo marcharme.

Se dio vuelta y atravesó la puerta cerrándola tras de sí. Con sus manos apretadas en dos puños, sentía el peso de lo que acababa de descubrir. El recuerdo más doloroso de toda su vida se hizo presente en su mente.

Caminaba con pasos lentos, mecánicos, sintiendo un agotamiento tan elevado como si hubiera estado en una batalla hacía un instante.

—¿Dónde puedo encontrarla? —escuchó la voz de Elena tras él interrumpiendo sus pensamientos.

Se giró y la miró con furia, ya le había contado demasiado.

—Está muerta —dijo sosteniendo su mirada un instante.

Ismael no podía descifrar la expresión que veía en el rostro de la joven, los ojos le brillaban y sus labios mostraban una frialdad decidida. No se atrevió a bajar la vista hacia su hombro, quería borrar la imagen de la pieza de la cadena grabada a fuego en la piel de Elena.

Volvió a darle la espalda y a caminar colina abajo a paso acelerado, sentía la necesidad de llegar al barco y encerrarse en su camarote.

Iba ensimismado, con la cabeza que comenzaba a dolerle y la espalda entumecida, cuando ella lo agarró del brazo y casi lo tira al piso. No supo cómo reaccionar ante la imagen que tenía frente a él. Elena agitada, con el pelo revuelto y su pecho moviéndose con cada respiración bajo el vestido ajustado, le ofrecía una nueva faceta de esa mujer, ya no una mujer cualquiera, sino una que llevaba su propia sangre.

## ~~ 6 ~~

Elena se contempló en el espejo de su habitación en la posada. Se había quitado el vestido bordó y ahora llevaba el celeste que le habían obsequiado en la gran casa blanca. Se trenzó el pelo, con la inquietud recorriéndole el cuerpo.

Le había pedido a Ismael que la dejara embarcar en El Cazador junto con él, dispuesta a cumplir cualquier tarea y asegurando que no sería una molestia. Los minutos se habían hecho eternos mientras esperaba una respuesta, temerosa ante el silencio que él imponía. Pero accedió, lo que ella no había creído que sucedería, aunque con la estricta condición de que no dijera palabra alguna sobre el hecho de que ambos habían nacido del mismo vientre.

Terminó de trenzarse el pelo y extendió la mano hacia el espejo. La tela celeste cubría la marca en su piel. Ismael no le contaría nada más, pero ella estaba dispuesta a averiguarlo.

Elena bajó al comedor para despedirse de Bárbara, quien le dijo que esperaría su regreso y besándola en la frente le dio su bendición. No tuvo que contarle su descubrimiento ni darle explicaciones, la posadera la trató como si lo que sabía de ella, de su época de prisionera, fuera suficiente para tomar tal decisión. Como si ella misma hubiera deseado también embarcarse en El Cazador.

Ismael la esperaba fuera de la posada. Ella sintió que él la estudiaba con la mirada cuando atravesó la puerta. Su rostro seguía demostrando la misma furia que antes.

Recorrer la ciudad le pareció tedioso. Se sentía en falta por sus sentimientos hacia Ismael y buscaba cualquier excusa para no pensar en ello. Paseaba su mirada por las construcciones buscando aquella majestuosidad que la maravilló en su llegada, pero la ciudad había perdido su encanto. En su mente sólo había lugar para su reciente descubrimiento. Ni las risas de los niños jugando en la calle mejoraron su ánimo. Un panadero se les cruzó por delante e Ismael lo saludó con educación. Ella no pudo pronunciar una sola palabra. Muchas preguntas se agolpaban tras sus labios, pero tenía la seguridad que no serían respondidas.

Escuchó piar a unos gorriones sobre el tejado de una casa y se quedó pensando en ello. En la imagen mental de una mamá pájaro regurgitándole la comida en el pico a su pichón y vigilando el nido de depredadores, protegiendo a esos gorriones que hacía poco habían roto el cascarón y salido al mundo con su cuerpo frágil y sin plumas.

Cuando sus pensamientos volvieron al presente, ya se encontraban en el puerto. Subieron al barco, ella podía sentir la mirada de los marineros. No escuchó ningún comentario, pero sabía leer la perplejidad en las facciones que veía. Ismael ignoró a los hombres y la tomó del brazo para que se apresurara, como si quisiera que no la notaran. Era imposible. Esos hombres llevaban más de una década conviviendo y no tardarían ni un parpadeo en detectar una presencia ajena.

Bajaron por la escotilla y avanzaron por un pasillo. Él se detuvo frente a una puerta baja pero ancha, la abrió y le dejó sitio para que pasara. Había tres peldaños que daban paso a una cocina minúscula, en comparación con la de la posada.

—Tenéis una nueva ayudante —dijo Ismael y se marchó.

Elena permaneció mirando la puerta cerrada. Los recuerdos de estar en una celda maloliente, el saber que su madre estaba muerta, al igual que Glhen, Madelein y Aurora, y el trato frío y tosco de Ismael provocaron que sus músculos se tensaran hasta hacerla temblar de rabia, con los puños cerrados dispuesta a asestar un golpe. Escuchó una voz a su espalda y recordó que no estaba sola, se giró y vio a Julio.

—Buenos días —le dijo entrelazando los dedos de las manos y empujándolos hacia atrás haciendo que sonaran como modo de liberar tensión.

—Sentaos señorita, os preparare un té.

—Llamadme Elena, por favor.

—Elena, parece que tengo la suerte de veros en vuestros peores momentos —dijo de espaldas a ella.

Elena se sentó a la mesa de madera observando los cacharros apilados a su alrededor. El lugar estaba limpio y le transmitía una leve sensación de paz. Julio puso una taza humeante frente a ella y volvió a la mesada a su espalda. El té le ayudó a calmarse, sabía a cítricos aunque su aroma era dulce. Ella se dio cuenta de que el barco comenzó a moverse y se acercó a la ventana circular. Contempló la ciudad mientras se alejaban, las montañas cobraban cada vez mayor protagonismo.

Se instaló en su mente la decisión que acababa de tomar hacía menos de cinco horas. Le dolía dejar a Bárbara y la vida que había llevado los últimos meses, pero, por alguna razón, que aún no comprendía, sentía que pertenecía al barco más que a cualquier otro lugar. Una vez más se separaba de una mujer bondadosa que la había aceptado en su casa. Todos aquellos pensamientos sumados al silencio sepulcral de Ismael y su negativa a hablarle sobre su madre volvieron a despertar su enojo.

—¿Se encuentra bien, señorita?

Una vez más había olvidado que no estaba sola.

**

Julio le informó sobre la disposición de los elementos en la cocina, luego pelaron papas sin apuro. Bárbara los había aprovisionado con el almuerzo para ese día; Elena, había visto a la posadera cocinando la tarde anterior. El hombre le contó que hacía sólo tres años que estaba de encargado de la cocina, que se había prestado voluntario cuando nadie más quería el puesto luego de que el anterior cocinero muriera en una de las batallas.

—Es tedioso, prefiero estar achicando todo el día.

Elena desconocía a qué se refería, pero el cocinero no le dio tiempo a preguntar.

—Todos desprecian mi comida, es insípida, incluso yo mismo pierdo el apetito muchas veces.

Elena la había probado cuando viajó a bordo luego de que las rescataran, pero no le parecía correcto criticar la hospitalidad que le habían brindado.

—Le faltaba condimentos —dijo pensando en aquellas comidas.

—Mi capacidad es limitada con respecto a ello. En una ocasión los usé y ni Eneas quiso comer el guiso, tuvimos que tirarlo por la borda.

Elena no podía imaginar nada que fuera tan malo como para lanzarlo al mar.

—¿Quién es Eneas? —preguntó cuando el silencio comenzaba a hacerse incómodo.

Ella recordaba la mayoría de los nombres que había escuchado en la reunión en la posada, pero Eneas no era uno de ellos, incluso le parecía extraño.

—¿No se lo han presentado? —dijo Julio con una sonrisa que hizo que se destacara la cicatriz que tenía en el mentón.

Elena movió la cabeza de un lado al otro.

—Venid, veremos si podemos hallarlo, señorita —dijo Julio saliendo por la puerta de la cocina—. Y de paso le muestro donde se guardan las provisiones.

Mientras caminaban, Julio le iba señalando las partes del barco. Un sinfín de nombres desconocidos que le llevaría tiempo poder recordar.

Los condimentos estaban en cajas y barriles de madera en la sala donde había dormido con las otras mujeres, luego de ser rescatadas. Había de todo, muchos no los conocía, pero se encargaría de probarlos e incorporarlos a la comida. Elena aún examinaba lo almacenado cuando Julio se marchó por una puerta disimulada en la pared. Ella se apresuró a seguirlo.

—Lo encerramos aquí cuando hacemos puerto, para que no sea un distintivo.

—¿Un distintivo?

Elena paseó su vista por el lugar. La sala donde se encontraban era pequeña y no tenía ventanas, había un escritorio viejo y objetos desparramados por el suelo.

—Allí está —le dijo el marinero señalando la parte superior de un mueble de estantes oscuro—. Eneeeaaassss —llamó suavizando el tono de voz.

Elena vio asomar una cabeza pequeña con orejas puntiagudas cubiertas de pelos de uno de los cubículos. Sus ojos eran marrones, pero su pelaje resaltaba, tan brillante como la luna.

—Es por el mismo motivo que le cambiamos el aspecto al barco, el factor sorpresa es importante. No queremos que comiencen a bombardearnos ni bien distingan un gato blanco sobre cubierta a través de sus prismáticos —dijo Julio guiñándole un ojo.

Ella llamó al animal con un silbido. Éste estiró sus patas, saltó sobre el escritorio y de ahí al suelo. Se acercó a Elena y se frotó contra su pierna.

—Ya podemos dejarlo salir, no lo verán desde la ciudad —dijo Julio.

Mientras caminaban de regreso a la cocina, Julio le contó que habían encontrado a Eneas cuatro años atrás en un bote a la deriva. El gato estaba acurrucado junto al cuerpo de una niña de rizos rubios que no tendría más de siete años. Llevaba un vestido marrón con flores bordadas y acunaba entre sus bracitos una muñeca de trapo. La voz del marinero se escuchaba cada vez más afectada mientras avanzaba en su relato, como si la muerte de esa niña fuera la gran pérdida de su vida.

Le contó cómo la subieron a bordo y que él rezó una plegaria por la pequeña antes de arrojarla al mar. Elena tuvo la intención de preguntar cómo era posible que algo así hubiera ocurrido, pero no lo hizo. El rostro de su compañero la hacía callar, su piel se volvió pálida y ella distinguió unas lágrimas que comenzaban a deslizarse por sus mejillas.

**

Augusto dejó el puente de mando cuando ya hubieron fijado rumbo. Inspeccionar el barco le permitía distender su cuerpo y distraer la mente por unos momentos. Era una costumbre antigua: cuando era general se paseaba, el primer día, por todo el campamento; cuando lo asignaron a la guardia fija, en el cuartel de la ciudad, lo hacía cada mañana.

Había recibido órdenes e impartido otras tantas, había tenido menor o mayor libertad para actuar, ahora ya no había quien le impusiera normas o lo condicionara, pero cada travesía era la misión más importante de su vida. Era intentar rescatarla una y otra vez para ganarse su perdón, para poder decirle que la amaba frente a la tumba sin que la culpa lo destrozara. El tiempo pasaba y lo hacía más tolerante consigo mismo. Al principio era algo personal, ahora reconocía que esa labor era importante para toda su tripulación. Aunque sentía el peso de los años y el desgaste tras las numerosas batallas, debía continuar ya que sus hombres lo hacían también.

Se paró en seco. ¿Era acaso un espejismo? Ella caminaba junto a uno de los marineros, con sus hombros pequeños hacia atrás y una trenza cayendo sobre sus pechos.

**

—¡Marinero!

El capitán estaba parado frente a ellos. Su postura recta, el traje negro con botones plateados y su boca inexpresiva le daban una imagen dictatorial. Eneas se escabulló a prisa pasando al lado de Augusto y saliendo de la vista de Elena.

—¿Sí, capitán? —dijo Julio y tras percatarse de que los ojos del hombre estaban clavados en la mujer a su lado, agregó—. Le mostraba a Elena donde están las provisiones, Ismael la asignó para que me ayude en la cocina.

—Entonces hablaré con él.

Ella creyó que se marcharía, pero continúo allí parado.

—Este no es un barco de paseo en el que podéis vestir a vuestro gusto.

—Perdón, señor… Capitán —se corrigió ante la mirada austera de él—, pero no tengo otra cosa —dijo pasando las manos sobre los pliegues celestes del vestido.

—Decidle a Ismael, es él quien os trajo aquí —dijo en una especie de gruñido y se marchó.

Elena nunca lo había visto tan serio… enojado, pensó. Parecía tan diferente al hombre que día por medio tomaba un trago de whisky en compañía de Bárbara al atardecer. De pronto se dio cuenta que no había pensado en las consecuencias que podía acarrearle a Ismael llevarla a bordo.

—¿Lo castigará? —preguntó a Julio temiendo cual fuera la respuesta.

—Recuerda que ya no estáis en un barco pirata —dijo percatándose de los escalofríos que recorrían el cuerpo de Elena—, el capitán no implementa castigos físicos. Menos lo haría con su hijo.

Julio continuó hablando, pero Elena no le prestaba atención, no registraba siquiera donde se hallaba, las piernas parecían no sostenerla.

—¿El capitán es el padre de...?

Julio hizo un gesto afirmativo con la cabeza y siguió caminando hacia la cocina, con las manos en los bolsillos, llamando al gato con silbidos, sin darse cuenta de la palidez en el rostro de la joven. Elena estaba petrificada, su pulso se había acelerado y sentía que la cabeza le palpitaba.

Una pregunta se había apoderado de su mente, de sus emociones, de su cuerpo.

## ~~ 7 ~~

—Adelante —dijo Ismael cuando golpearon a la puerta de su camarote.

Estaba sentado tras el escritorio observando un mapa a través del vidrio circular de una lupa. Levantó el rostro al ver a Elena parada tras la superficie de madera. Al instante, sin poder contenerse, la furia que había sentido a la mañana volvió a apoderarse de su cuerpo.

Ella tenía los pómulos inflados, un leve rubor cubría su rostro y golpeaba los dedos sobre sus piernas, su intuición le decía que sabía lo que venía a cuestionarle, era inevitable que se enterara.

—Julio me ha dicho que el capitán es vuestro padre —soltó Elena de golpe atropellando las palabras.

—Felicitaciones, habéis descubierto un nuevo continente —dijo volviendo la vista al mapa y maldiciendo para sus adentros.

Veía sus manos temblar a los costados de la cadera, que le remarcaba la tela celeste del vestido. No estaba seguro de si ella se percataba de cómo el cuerpo la delataba: sus dedos estaban contraídos en un puño dando la impresión de que las uñas se enterraban en la piel, su rostro pasaba a una tonalidad más viva y se mordía el labio inferior. Para Ismael, aquello era incómodo, tanto que lo ponía nervioso, aunque intentaba disimularlo. Debía librarse de esa conversación, aún no sabía que haría al respecto de lo que había descubierto. El dejarla embarcar fue una decisión que aún no comprendía.

—¡Merezco saber si...! —comenzó ella con tono prepotente.

—¡He sido claro antes de embarcar! ¡Guardáis el secreto u os devuelvo a tierra! —dijo sin aumentar el tono de voz, pero mirándola con fijeza y una expresión seria.

La vio cerrar los ojos intentando acompasar su respiración. Aquel silencio cargado de reproches le resultaba intolerable, era tan denso que creía que perdería el control y se pondría a gritar. Quería que se marchara, quedarse solo y arrojar todo lo que había sobre el escritorio al suelo.

Las lágrimas contenidas de Elena lo torturaban. Había pasado de estar furiosa a tener la apariencia de una niña indefensa recibiendo un atroz castigo: tenía los hombros caídos y estaba encorvada hacia delante. Que su madre lo perdone, pero no le importaba como pudiera sentirse la muchacha. Era culpa de ella, por seducirlo, por llevar ese vestido rojo escotado que exponía la marca que lo emparentaba con él, por haberle pedido embarcarse. ¡Por todos los mares, era culpa de ella!

Sin darse cuenta, Ismael se sumergió en un recuerdo doloroso de sus siete años.

*Estaba arrodillado sobre el piso de piedra gris en la enfermería del cuartel de soldados que su padre comandaba, inclinado sobre el cuerpo moribundo de su madre. Le apretaba la mano, con los músculos del rostro contraídos para evitar llorar, diciéndole que la quería, que había estado pensando mucho en ella durante el tiempo que no estuvo. Copiaba las palabras que le había escuchado decir a su padre: que se curaría y todo volvería a ser como antes.*

—El capitán sugirió que debía cambiar mi vestimenta para realizar las labores del barco —la escuchó decir, como un eco proveniente de la lejanía.

Levantó el rostro y la contempló como si la creyera un fantasma. Se quedó pensando por un momento en el tono de voz con el que Elena había pronunciado las palabras. Era como si hubiera comprendido su amenaza de desterrarla del barco, como si, al hablar de su vestimenta, le estuviera mostrando que había cedido y dejaría de importunarlo con sus preguntas. Aunque también se le pasó por la cabeza la idea de que el tono de voz distante que ella había empleado fuera además una forma de poner distancia con sus emociones.

"Debería tener un mejor autodominio", pensó, pero no estaba seguro si se refería a Elena o a él mismo.

—No he traído más ropa conmigo —comenzó a explicar ella—, el capitán dijo que tú me podríais indicar como conseguir prendas más acordes.

Ismael entendía a la perfección el comentario de su padre y también que lo hiciera responsable a él, su trance no tenía nada que ver con eso. Dentro de su cabeza sólo había espacio para un hecho.

*Su madre le sonreía por última vez, con la piel pegada a los huesos y el pelo enmarañado. Lo miraba con ternura hasta que sus ojos pasaron a contemplar el vacío. El niño que era por aquel entonces, se quedó abrazando lo que había quedado de la mujer que lo llevó en su vientre. Permaneció junto a ella, acariciando sus brazos amoratados, mientras la piel iba perdiendo su calidez, hasta que las lágrimas se le extinguieron y empezó a temblar de frío.*

—Yo… —comenzó a decir Elena.

—¡Para!

Necesitaba que saliera de allí, quedarse solo con su dolor.

—En aquel rincón —dijo señalando, sin levantar el rostro—, encontraréis pantalones y camisetas limpias y dejad el vestido ahí, si queréis.

Él levantó el rostro y la contempló mientras ella se dirigía hacia donde él le había señalado. Había dos roperos enfrentados, el espacio entre ambos era apenas para una persona. Ella abrió las puertas de madera que por unos centímetros no llegaban a tocarse y él ya no pudo verla desde su escritorio. Dirigió su mirada a la pared opuesta donde un espejo circular apuntaba hacia el espacio entre los roperos tras el biombo que ella había improvisado para comenzar a desvestirse. Sabía que continuar mirando sería una falta de respeto e intentó volver a concentrarse en el mapa, pero no lo consiguió. Volvió a dirigir la vista al espejo. Ella se desenganchó el vestido celeste de la espalda y se lo sacó por la cabeza.

El cuerpo de Ismael reaccionó al vislumbrar la silueta desnuda de Elena. Su piel era clara y hermosa, a pesar de las cicatrices. Se imaginaba rodeándola con los brazos y sintiendo su suavidad. Había contemplado y acariciado el cuerpo de casi todas las mujeres que atendían en La Rosa en Flor durante sus estadías en tierra, se había deleitado con ellas, pero la manera en que deseaba a Elena era más intensa. La imagen de su desnudez se le estaba grabando en la mente: sus hombros pequeños, la forma recta de su espalda que se estrechaba de forma abrupta en la cintura y volvía a ensancharse en la cadera, la redondez de sus glúteos y los lunares esparcidos por sus piernas.

**

Elena salió del camarote vistiendo la ropa prestada y cerrando la puerta tras de sí sin dirigirle la mirada a Ismael. Atravesó la cubierta a paso lento, caminando distraída. La furia se había disipado mientras se cambiaba de ropa. El día se estaba nublando. Pronto tuvieron que prender las lámparas de aceite en la cocina. Elena revolvía el contenido de la olla con un cucharón de madera, mientras su compañero hablaba sin descanso. Ella asentía cada tanto sin tener registro de lo que Julio le estaba contando. Las inquietudes dentro de sí eran tantas que ya ni siquiera podía pensarlas. Recién era el primer día a bordo y estaba decidida a ganarse un lugar como parte de la tripulación. Y a saber más sobre su madre.

**

Horas más tarde, Ismael dejó la lupa que aún sostenía en la mano a un lado y se puso de pie. Comenzó a vagar por el camarote, como en tantas ocasiones había visto a su padre. Él mantenía sus cosas de forma más prolija que el capitán, sin embargo, se sintió sumido en el mayor desorden. Mirara donde mirara le parecía que los objetos estaban fuera de lugar. La presencia de Elena en el barco lo alteraba. Su identidad, de la que ella no tenía idea certera, y lo que provocaba en él como mujer, era suficiente para atormentarlo.

Se puso a mirar el mar por el ojo de buey. La forma en que los rayos del sol se reflejaban sobre la superficie del agua siempre le despejaba la mente. La identidad de Elena podría representar un problema. ¿Cómo reaccionarían los otros marineros al saberlo? ¿Los cuestionamientos podrían extenderse hasta interferir con el apoyo que les brindaba la corona? Era imposible predecirlo. Incluso se le ocurrió una idea más alarmante aún, ¿podría haber quien descreyera del vínculo de la joven con los piratas y se atreviera a creer que Elena era parte de aquellos bárbaros asesinos y que el encontrarla en la celda junto a las otras prisioneras era una treta más?

**

La imagen de un rostro de tez oscura, con labios pequeños y ojos verdes penetrantes, enmarcados por un pelo azabache cortado a la altura de los hombros, se le apareció en la mente al capitán mientras revisaba la información sobre sus enemigos para aquella misión. Esa era la descripción de quienes habían tenido la desgracia de conocer alguna vez a Teresa. Para muchos su nombre era una blasfemia. Las leyendas la caracterizaban con amplio busto y caderas prominentes, pero Francisco, que para su tormento la había conocido, se lo había desmentido. Fue ella quien comandó al Tagurvias desde sus orígenes, la capitana pirata más joven que se conocía hasta al momento. Y que ya no estuviera al mando de la nave desde hacía dieciséis años, sólo se explicaba por el hecho de su muerte. Augusto Himcalde estaba seguro de ello.

## ~~ 8 ~~

Ismael ocupó su lugar en el timón antes de la cena. Estar encerrado en su camarote no lo ayudaba a tranquilizarse, en cambio, la briza del viento en el rostro le daba un mínimo de paz. Eso hasta que el capitán apareció a su lado.

—Es peligroso llevarla a bordo.

Él sólo quería que el día terminara, sabía que su padre lo increparía tarde o temprano, pero sólo deseaba que Elena y el recuerdo de su madre moribunda salieran de su cabeza.

Augusto le estaba hablando de establecerse en tierra y tener hijos. El mismo discurso que había estado soplándole al oído los últimos seis años. Por supuesto que no era la primera vez que mostraba deseos de tener nietos, ni de que su único descendiente dejara de ponerse en peligro en aquellas travesías, pero se dirigía a él como si nunca se lo hubiera expresado antes. En ocasiones Ismael creía que aquel hombre tan decidido, que en ese momento estaba parado a su lado junto al timón, se arrepentía de haberle dejado elegir sumarse a la tripulación cuando el barco estaba por zarpar por primera vez bajo el nombre de El Cazador.

Su padre le había dejado decidir qué vida llevar siendo él muy joven. Ahora, a sus veintiocho años, Ismael no podía concebir la idea de que las cosas se hubieran dado de forma distinta. Aunque la relación con su progenitor no era estrecha, se llevaban bien. Tras la muerte de su madre se había sentido desplazado por él hasta pensar que no le tenía afecto. Fue gracias a Bárbara que había llegado a comprender a su padre, ella había sido en aquel entonces el único nexo posible entre ambos.

La amistad del capitán con la posadera había surgido por mera coincidencia. Bárbara le había relatado a Ismael esa historia más de una vez y él no se cansaba de escucharla.

*Ella había llegado a la ciudad tras la tediosa huida de los piratas, había alquilado una habitación para ella y su pequeña hija, y había salido a recorrer el lugar luego de que la niña se quedara dormida, buscando la soledad para decidir qué hacer. Había tomado una dirección no establecida, subiendo a una de las colinas desde las cuales se podía apreciar el mar. Un pequeño cerezo, en aquel emplazamiento inusual, la cautivó con la juventud de sus hojas y se sentó junto al árbol a contemplar el atardecer. Por su parte, Augusto había subido hasta allí con el mismo propósito de cada vez que permanecía en tie-*

*rra: acariciar el pequeño rectángulo de piedra y susurrar palabras cálidas junto a la tumba de su esposa. Aquel era el único sitio donde el capitán se permitía derramar sus lágrimas. No esperaba ese día, ni ningún otro, encontrar una compañera para su dolor y su culpa. Sin embargo, eso fue lo que halló. Ismael creía que su madre había gestado aquel encuentro para que Bárbara pudiera cuidar tanto de Augusto como de él.*

El enojo con su padre se disipó después de que esos pensamientos cruzaran su mente en un parpadear. De cierta manera le reconfortaba tenerlo parado a su lado, no era común verlo fuera de su camarote en esa etapa del viaje.

—Ella tiene los mismos motivos para estar aquí que los demás —dijo sabiendo que esa no era la razón que había impulsado a Elena a sumarse a la tripulación.

**

*La noche antes de zarpar Augusto había ido a despedirse de Bárbara y beber un vaso de whisky, como solían hacer cada vez que se acercaba a la posada día por medio. La despensa era el lugar habitual, el más alejado de los oídos de los clientes. Al capitán Himcalde, ex general de las fuerzas del Rey, los estantes con botellas ordenadas de forma horizontal le recordaban a la bodega de la que había sido su casa, antes de venderla y utilizar el dinero para refaccionar el barco que decidió comandar.*

*En realidad, la despensa de Bárbara no se parecía en nada a ninguna de las habitaciones de aquella casa reluciente y amplia que había pertenecido a su familia por generaciones, pero era la sensación de similitud lo que le hacía sentirse tan a gusto allí dentro. En una ocasión había bebido hasta perder la noción del tiempo y el amanecer lo sorprendió riendo y, por unas horas tan sólo, habiendo olvidado la muerte de su esposa Sofía.*

*Ese día tenía un tema particular sobre el cual pedir consejo.*

*—¿Creéis que Ismael se quedaría por ella?*

*—Ismael no dejará el barco, lo sabéis. Él no podría vivir en tierra, no se sentiría en paz —dijo Bárbara y se llevó el vaso a los labios. La posadera construía cada idea al mismo tiempo que pronunciaba las palabras, Augusto lo sabía—. A más de uno de tus marineros les pasa lo mismo, eso también es algo que conocéis —agregó admitiendo una verdad dolorosa—. Si le queréis no debéis agobiarlo, si le pideis que se quede y llegara a hacerlo, dejaría de ser él mismo.*

*Augusto supo enseguida que no era en su hijo en*

*quien estaba pensado la posadera al decir eso último. Comprendía la dificultad de sólo compartir unos meses con la persona amada y que al marcharse no hubiera seguridad de regreso. Por extraño que resultara, él tenía una sensación similar cuando visitaba la tumba de su esposa.*

*En ocasiones, cuando escuchaba a Bárbara aconsejándolo, le parecía estar escuchando a Sofía.*

**

*Veintiún años atrás, Augusto estaba parado en una de las colinas frente a la tumba de su esposa recién cubierta. A la cabecera había mandado a plantar un cerezo. Aún era apenas un retoño, pero crecería y su mujer podría posarse en él y contemplar el mar. Estaban a gran distancia del panteón familiar, pero era necesario. El sitio donde descansaban sus ancestros estaba dentro del terreno que había vendido y debía pedir permiso para ingresar. Él necesitaba saber que podría llevarle flores y conversar con Sofía cuando lo deseara. Poder creer que cuando estuviera en altamar el viento le llevaría su beso y que ambos contemplarían el mismo paisaje a pesar de la distancia, que compartían la inmensidad del mar frente a ellos.*

*Su hijo pequeño estaba parado a su lado, lo tenía tomado de la mano. Ismael, con sus siete años, intentaba que su padre no lo viera llorar, pero a pesar de que Augusto se daba cuenta de esto no se atrevió a consolar a su hijo. Se levantaba con el primer canto del gallo, se vestía con el uniforme y salía por la puerta de la casa para no regresar hasta que las estrellas vestían la noche. Compartía la cena con el niño en silencio y luego, mientras él tomaba su vaso de whisky en el salón, escuchaba a su hijo recitar las lecciones del día. Sólo en ocasiones, le besaba la frente antes de retirarse a su habitación.*

## ~~ 9 ~~

El sol había caído y los marineros cenaban sobre cubierta. Era la primera comida preparada por Elena a bordo de El Cazador.

—Era tiempo de que se pudiera disfrutar de una buena comida en este barco.

Ella estaba sentada en el piso cruzada de piernas, se sentía cómoda con sus nuevos pantalones prestados y reconocía que llevar falda allí hubiera terminado irritándola. Recorría a los hombres con la vista, intentando identificarlos de la reunión en la posada. A Esteban le faltaban dos de los dedos en la mano izquierda, Fernando llevaba una cinta de mujer atada a la muñeca, un tercero hablaba arrastrando las vocales, varios tenían cicatrices en los brazos. Ninguno parecía inhibido por su presencia. Teodoro era el nombre de aquel marinero de edad avanzada, barba y bigotes blancos que la había defendido en la lucha a bordo del barco pirata. Recordaba que cuando él entró en la posada, la noche de la reunión, lo había visto besarle el dorso de la mano a Bárbara y escuchado llamarla “mi lady”.

—Habría que tirar al otro cocinero al mar —continuaba diciendo un marinero con tono burlón.

—Se hubieran hecho cargo vosotros —se defendía Julio.

No se trataba de una pelea, sino más bien de una camaradería que les permitía expresarse con libertad. Elena disfrutaba de los elogios y el ambiente relajado que le recordaba a la reunión en la posada, aunque de reojo miraba a Ismael. El joven comía sin expresar opinión, con la vista hacia el mar, reclinado sobre uno de los laterales del barco. El capitán, en cambio, conversaba sobre las corrientes marítimas y el estado de los vientos como si no hubiera diferencia de rango con el resto de los tripulantes. Ella decidió ignorar sus preocupaciones y disfrutar de la compañía, por completo nueva, por completo diferente a lo que había sido su anterior estadía en el mar.

—Mi madre había preparado esta misma comida aquel día —dijo Esteban con una expresión seria cargada de tristeza.

Nadie hizo comentarios, pareció como si una bruma de nostalgia se posara sobre los marineros. Elena no podía saber que, para aquellos hombres, su presencia a bordo era un arma de doble filo. Los miraba a cada uno sin terminar de comprender lo que ocurría. Parecían haber perdido el apetito de golpe y contemplaban la comida como si fuera peligroso ingerirla. El murmullo del agua se fue elevando por sobre el barco, antes acallado por varias decenas de voces entusiastas. Esteban ya no se encontraba en cubierta, ella lo buscó con la vista, pero fue en vano. Una sensación de opresión comenzó a cernirse sobre su pecho.

Los marineros se fueron dispersando en pequeños grupos. Elena comenzó a amontonar los cuencos y vasos que habían quedado en el suelo.

—No fue culpa vuestra —le dijo Wales ayudándola a recoger.

Aquel hombre musculoso volvía a mostrarse amable con ella. A pesar de que el dolor de Esteban se había extendido por todo el barco y ella no había quedado inmune, se sentía más a gusto allí que atendiendo a los comensales en la posada. En su infancia, nunca se había hallado cómoda entre las monjas. Solía salir a hurtadillas de noche y dormir en la habitación de Glhen, en especial cuando había tormentas.

Se retiró a la cocina llevando los recipientes vacíos. Sola, en aquel espacio, se sintió más resguardada, era un lugar propicio para obligar a lo que se escondía dentro de ella a permanecer en las sombras.

**

—Vaya a descansar, señorita, yo puedo encargarme de esto —le dijo Julio refiriéndose al desorden.

—Está bien, limpiar me tranquiliza.

El agua y el jabón sobre sus manos, teniendo algo que hacer, le permitía despejar la mente, no pensar por unos instantes. Se sentía responsable por lo que había ocurrido en la cena, aunque no terminaba de comprenderlo del todo.

Luego de terminar la limpieza Julio la guió hasta un armario-camarote en la parte baja del navío, donde apenas entraba un catre, sin ninguna ventilación. Parecía no haberse usado en mucho tiempo. Había dado sólo un paso dentro cuando escuchó un ruido que le hizo pensar en los truenos. Era irracional, pero seguía temiéndoles, como cuando era pequeña.

—Prefiero dormir con los demás, no me gusta dormir sola. —Además, aquel pequeño agujero le recordaba a la sensación de encierro en la celda del barco pirata.

—Verá, señorita, somos todos hombres allí, no creo que sea apropiado ni que usted pueda sentirse a gusto —dijo Julio, rascándose la nuca con una mano—. Verá, señorita, los viajes suelen durar varios meses y, no sabría cómo explicárselo, pero los hombres tienen necesidades…

—Entiendo lo que queréis decir —lo interrumpió ella—, pero de igual manera quisiera dormir en el mismo sitio que los demás. Podéis auto-complacerse a vuestro gusto y yo procurare ignorarlo.

Elena sintió el impulso de reír ante la expresión desencajada de su compañero.

—Puedo tener buenos modales y comportarme como una dama, pero también diría que soy una mujer de mundo —continuó, sabía que Julio necesitaba una explicación por su parte—. No voy a horrorizarme por escuchar gemidos durante la noche.

A Elena aquella conversación le estaba resultando divertida, principalmente por la cara de asombro y la incomodidad palpable de Julio. Sin embargo, esperaba que no se le dificultara tanto convencerlo, no deseaba hablarle de Bahuel a nadie. Aunque su reputación la tenía sin cuidado, él se había marchado haciéndola sentir vulnerable y furiosa consigo misma. Desde el primer día de su relación con él, sabía que llegaría el momento en que el soldado se marcharía de vuelta a la lucha. No había podido olvidar nunca, ni siquiera bajo el horror que había padecido, las manos de él acariciándole la espalda ni sus besos entre las piernas. Él le había relatado cómo eran las noches en el cuartel donde varios soldados compartían habitación, sus conversaciones no eran con seguridad las tradicionales en una pareja. En su mente la división entre los hombres buenos y malos era muy clara; Glhen y Bahuel y quienes la trataran como ellos era en quienes podía confiar; los piratas eran los monstruos, así de simple, estaba empecinada en no dejar que los abusos que había padecido la predispusieran contra todos los hombres.

En aquel recodo inferior del navío, Julio continuaba expresándole sus dudas, insistiendo en la elección de aquel ropero-camarote. Elena escuchaba su voz a lo lejos, sumida por completo en los recuerdos de su convivencia clandestina con el que había sido su único y gran amor.

—Dejadla que duerma donde quiera. —La voz grave del capitán los sorprendía una vez más.

—¡Capitán! —dijo Julio con un hilo de voz como si se hubiera quedado sin aire.

—Mostradle dónde queda el camarote común, marinero.

Julio asintió con las facciones petrificadas y el rostro pálido. Elena sintió una punzada de culpa, pero no podía dejar de mirar al capitán, ahora que sabía que existía la posibilidad de que fuera su padre.

—No habrá reclamos —le dijo Augusto con la vista fija en ella y se marchó.

Elena siguió a Julio por los pasillos hasta llegar al camarote común. El lugar era un inmenso rectángulo, ella lo recorrió con la vista, apenas iluminado por unas pocas lámparas. Sintió las miradas de los marineros que aún estaban despiertos fijas en ella. La luz era tenue, lo que le impedía ver los rostros, pero podía imaginar las expresiones de desagrado. Se rehusó a que ello la afectara, le costaría sudor y quizás lágrimas, pero conseguiría que dejaran de observarla como un elemento que no pertenece al barco.

Julio le indicó que podía utilizar la cucheta vacía debajo de donde dormía Esteban.

—Le traeré una manta, señorita —habló en su tono de voz habitual, sin el menor indicio de preocupación de despertar al resto de la tripulación.

El hombre tuvo que atravesar todo el recinto hasta llegar al mueble. El lugar era grande y los catres estaban por todas partes, colgando del techo o sujetos a unas vigas. Un gran amontonamiento que a primera vista parecía uniforme. Las botas de los marineros cubrían el suelo, junto con sus chaquetas. El aire que se respiraba allí era más pesado que en otras partes del barco, pero estaba lejos de asemejarse a la pestilencia de las celdas en las que había pasado los últimos años.

Elena pensó que cualquier mujer, más habiendo pasado lo que ella vivió, se sentiría cohibida y temerosa en aquella situación. No lo podía explicar, ni siquiera a sí misma, pero esas no eran las emociones que la embargaban.

—Gracias —dijo en un tono bajo tomando la frazada marrón y amarilla a cuadros que Julio le ofrecía.

Se quitó la chaqueta y las sandalias, soltó su pelo y se acostó en la hamaca. Le costó encontrar la posición correcta, era la primera vez que se recostaba en una de esas camas. El bamboleo la incomodó un poco, pero al rato sus pensamientos tomaron otra dirección, haciéndola olvidar el vaivén del barco. La imagen de ella comenzando el día en la habitación número trece de la Posada Esmeralda era lejana. Había descubierto cosas que quedaban más allá de su comprensión, había tomado una decisión que la llevaba a una travesía de la que poco sabía y le costaba más adaptarse de lo que estaba dispuesta a admitir. ¿Era la decisión correcta? ¿Se había dejado llevar por un impulso a una vida que no era para ella? Las preguntas se le agolpaban una tras otra como si estuviera jugando a la payana: los interrogantes eran lanzados al aire dentro de su mente, y antes de poder responderlos, se le generaban otros nuevos.

Se quedó dormida y en el interior de sus ojos, tras los párpados cerrados, se fueron dibujando imágenes conocidas.

*Estaba sentada a la mesa de madera en la casa de Aurora, con un vestido verde que le había pertenecido a la hija de la granjera. Ambas empujaban con fuerza el palo de amasar sobre la superficie cubierta de harina. La mujer tenía los ojos verdes y tres lunares en el lado derecho de la frente. Su cara estaba surcada de arrugas, pero su nariz pequeña parecía pertenecerle a una niña.*

*A Elena, que por aquel entonces no llegaba a los diecisiete años, los brazos comenzaron a dolerle. Concentrada, en silencio, seguía los pasos que la anciana le indicaba. Cortar la masa en tiras finas, antes que se seque y se endurezca.*

*—¡Pero mirad! Tenéis el pelo lleno de harina, será mejor lavarlo.*

*Aurora le desenredó el cabello con paciencia. A Elena le gustaba llevarlo suelto, pero no lo decía y dejaba que la mujer se lo trenzara colocándole una cinta en forma de moño.*

Era un sueño, lo sabía incluso estando dormida, no podía olvidar, ni siquiera fuera del estado de vigilia, la imagen de Aurora tirada en el piso de tierra, frente a los corrales, con los ojos en blanco mirando el vacío.

**

—¡No, no, no! ¡Por favor, no!

Los gritos la despertaron. Reconoció la voz de Esteban que repetía las mismas palabras una y otra vez. Estando a tan poca distancia podía sentir su desesperación y llanto.

Elena se asustó por el movimiento brusco de la hamaca, temiendo que la tela se rompiera y cayera sobre ella. Se obligó a serenarse. La luz de las lámparas de aceite era tenue, aunque suficiente para percibir las pesadillas de los hombres que la rodeaban. La sensación del ambiente era lúgubre; su pulso se iba acompasando cada vez más con desasosiego.

Escuchaba sonidos, aunque no podía distinguir las palabras. Julio dormía a apenas tres catres de distancia, lo veía moverse inquieto mientras que los ronquidos salían de su boca abierta. Teodoro estaba sentado a un lado de su cucheta con la cabeza hacia el piso y los brazos con las manos presionando su nuca hacia abajo. Se quedó mirándolo, en su corta estadía como tripulante del barco le había quedado claro que él era la mano derecha del capitán. Poco antes de la cena había intentado acercársele para agradecerle por matar al pirata con la marca diagonal en el rostro que había sido el asesino de Madelein, pero resultaba difícil hablarle. El modo en que la miró y el tono de voz con el que le preguntó por qué se paseaba por la cubierta en lugar de estar trabajando en la cocina, le impidieron pronunciar palabra alguna.

## ~~ 10 ~~

Elena estaba en la cocina, acomodando las especias que había traído de la despensa.

—Lamento lo que ocurrió ayer —le dijo Esteban entrando con una bolsa de papas que Julio le había pedido que trajera.

Ella vio cómo dejaba el paquete en un rincón, abría la bolsa de arpillera mientras iba colocando el contenido en los cajones de madera. Eso le hizo notar que el joven conocía la disposición de los elementos en la cocina.

—Debéis querer mucho a Ismael para embarcarte en El Cazador.

—No... —Elena buscó que decir, no quería que pensaran que estaba allí por un romance— ¡¿No creéis que tenga motivos suficientes para desear ver muertos a los piratas?! —Su voz sonó grave y fuerte, como si estuviera enojada.

No estaba mintiendo, se dio cuenta al pronunciar las palabras. Se quedó petrificada mirando al mar por el ojo de buey. No había sido la venganza lo que la llevó a pedirle a Ismael embarcarse: en aquel momento sólo pensaba en saber qué había sido de la vida de su madre. Pero, al ser parte de la tripulación, comenzaba a ver las cosas de manera diferente.

Los piratas seguían torturándola por las noches al cerrar los ojos, le habían quitado todo. Sí, deseaba que murieran. Y deseaba ser testigo de ello.

**

Parado tras la puerta cerrada del camarote de su padre, Ismael continuaba intentando convencerse de que lo correcto era revelar la identidad de Elena. Aunque una fuerza interna lo impedía, insistiendo en que el secreto muriera en él. Sería más sencillo si no hubiera permitido que sus sentimientos hacia ella crecieran hasta el punto de desear verla tras cada amanecer. Si no hubiera descubierto quién era, ella estaría en la posada libre de peligros, al amparo de Bárbara, un buen hombre podría desposarla y tener una vida agradable, y más que nada estaría libre de los riesgos que la acechaban a bordo de El Cazador.

La furia le recorrió las venas al imaginar que otro la besaba, que acariciaba con las yemas de sus dedos el cuerpo de Elena y que le rozaba la piel con los labios. Una mueca de repulsión se dibujó en su rostro y sus manos se cerraron dispuestas a asestar un golpe contra ese rival imaginario. La imagen de ella respirando agitada dentro del vestido rojo con las mejillas teñidas por el esfuerzo de la carrera insistía en hacerse presente en su mente y despertar sus instintos primitivos.

El tenerla cerca le nublaba la razón, de otro modo no estaría plantado allí, hacía al menos una hora, tras la puerta cerrada del camarote de su padre. Las bisagras emitieron un chirrido e Ismael se encontró de frente con Teodoro, que salía refunfuñando. Aquel hombre de baja estatura y prominente barba blanca siempre mantenía las cejas apretadas. Se sintió expuesto ante él, al igual que cuando lo pescaba en el camarote común en su juventud dando rienda suelta a los impulsos con los que su cuerpo lo atormentaba.

—¿Vais a entrar, muchacho? —le preguntó el amigo de su padre.

Él asintió y avanzó titubeante. El capitán estaba sentado tras el escritorio con los papeles desparramados. Comenzó a hablarle apenas se escuchó el cerrojo e Ismael se embargó en las hipótesis sobre la ubicación del Tagurvias.

**

Teodoro subió a cubierta, estiró los brazos para desperezarse e hizo sonar su cuello. Parpadeó y cerró los ojos, aquel viento tranquilo no les permitiría avanzar demasiado. Habían dejado puerto hacía trece días y Augusto aún no había fijado un rumbo.

Contempló el cielo, las nubes vaticinaba una lluvia pasajera. Los marineros estaban en sus puestos demasiado relajados para su gusto. Se aclaró la garganta al pasar junto a dos hombres que conversaban con los cepillos de cerdas gruesas para limpiar el piso, en la mano. Lo miraron y se agacharon enseguida para restregar los tablones de cubierta.

Levantarse temprano lo tenía sin cuidado, estaba viejo para que le interesase contemplar el amanecer. Pero no podía evitar que sus ánimos se caldearan con todos esos mequetrefes a bordo.

Almorzó solo en la cocina, como era su costumbre, y volvió a subir a cubierta. Dio la orden para el cambio de centinelas mirando con nostalgia hacia la parte alta del navío, si aún pudiera confiar en su cuerpo le encantaría subir al carajo. Luego inspeccionó el lugar con la vista y enseguida se dio cuenta del cambio. Augusto estaba al timón, no lo supo por mirar hacia allí sino por la actitud de los marineros.

"Finalmente tenemos un rumbo", pensó.

**

El capitán compartía la cena con la tripulación y mantenía conversaciones banales, no quería copiar el modelo de líder autoritario y privilegiado que tanto había odiado cuando era un simple cabo en las fuerzas armadas. Pero a pesar de su esfuerzo sabía que los marineros lo veían como una persona distante. Expresar sus sentimientos y preocupaciones con palabras era algo que sólo había compartido con su esposa Sofía y, en los últimos años, con Bárbara, que era su confidente y consejera. Todos a bordo del barco conocían el motivo de su enemistad con los piratas, pero poco de su vida anterior. A excepción de Teodoro. Ambos habían compartido la vida militar y habían tenido que seguir órdenes con las que no estaban de acuerdo, y cargar con esa culpa de la que nunca podrían librarse.

Augusto podía ver a su amigo parado sobre cubierta regañando a los marineros como era habitual en él. Teodoro sería el único que podría percatarse de su inquietud debido a la presencia de Elena.

## ~~ 11 ~~

El nombre del Tagurvias se hacía eco en cada rincón. Elena percibía inquietud en los marineros, pero aún no se animaba a preguntar. Los gritos por las noches y las repentinas contemplaciones del vacío de los hombres le mostraban el dolor tras esos rostros.

Ella se sentía a gusto allí, sobre cubierta, mirando el agua danzar bajo el destello de la luna. Como si fuera un espejo que le ofrecía una imagen de sí misma en una vida por completo diferente a lo que siempre creyó.

Hacía más de dos años del día en que Madelein la visitó en la granja para despedirse.

*—Ordenes de arriba, mi niña —dijo sentada a la mesa de la cocina.*

*Elena estaba parada de espaldas a su visitante. Aferraba la cruz que colgaba de su cuello con la mano izquierda. Aún no se cumplía un año desde que Bahuel se había marchado. La monja no sabía nada de aquél romance por lo que no podía confesarle su dolor, pero visitarla en el convento, tener su compañía, la hacía sentirse no tan sola.*

*—Acaban de sufrir una inundación, cariño, necesitan mi ayuda —dijo Madelein explicándole por qué la habían designado a un pueblo del otro lado del mar.*

*"También te necesito", pensó mirando hacia la ventana, conteniendo las lágrimas.*

*Madelein se le acercó y le acarició el pelo.*

*—¿Os ocurre algo, cariño? —Los dedos de la monja se deslizaban por entre los mechones de Elena, como lo hacía años atrás al desenredarle el cabello tras el baño—. Eres una mujer fuerte, que maneja una granja ella sola. No nos necesitáis. Volveremos en unos meses.*

*—¿Volveremos? —La voz le sonó ahogada, como si algo le impidiera respirar.*

*—Glhen se ha ofrecido a acompañarme.*

*El dolor se incrementó. Los perdería a los dos. Se dio vuelta y se acurrucó en los brazos de la monja. En ese momento los odió a ambos. Se sentía frágil y sola. La soledad, que había comenzado a seguirla como su sombra cuando Bahuel se marchó, en ese momento reclamaba todo su ser.*

*Esa noche apenas si pudo dormir. A la mañana siguiente se presentó en el convento, con una bolsa con sus pertenencias indispensables y, sin mediar palabra, se subió a la carroza que los llevaría al puerto.*

La culpa y el dolor la invadieron. Era triste pensar que aquellos sentimientos eran lo que aumentaba cada día su sentido de pertenencia al barco. Presenciar la muerte de Madelein y los dos años de prisión en una celda inhumana, se le iban haciendo carne.

Las palabras que había escuchado en la posada, "los fantasmas de esos hombres", hicieron eco en su mente como una estela de aire que la rodeaba mientras contemplaba el océano. Le parecía estar viendo y escuchando a la anciana pronunciar cada letra con detenimiento.

*Las arrugas surcaban su rostro y enmarcaban sus ojos celestes, su mirada era tan firme que parecía estar penetrando a quien tuviera enfrente. Era una gitana que vivía en la posada y pasaba sus horas encaramada en el rincón del comedor más lejano a la puerta, leyendo la buena ventura a quien estuviera dispuesto a pagar por ello. Elena le llevaba una jarra con agua caliente y una taza, cada mañana a la habitación número seis, de modo que la mujer pudiera prepararse el té con sus propias hierbas. Por la tarde, le acercaba el mismo pedido a la mesa del rincón. La mujer siempre estaba cubierta por varias capas de telas gastadas y solo se le podía ver el rostro y la mano que tomaba la taza, constituida sólo por huesos y piel.*

*—¿Queréis que os lea la fortuna, criatura? No os cobraré —le decía en cada ocasión.*

*Elena se excusaba con el pretexto de tener trabajo en la cocina. No era aversión lo que la hacía negarse, sino que ya había sufrido tantas desgracias que no creía poder soportar que alguien le sugiriera que su desdicha continuaría.*

*—Pocos son capaces de comprender los fantasmas de esos hombres —le dijo un día mirándola a los ojos mientras Elena depositaba el agua y la taza sobre la mesa.*

*Se volteó para mirar hacia donde la anciana le señalaba y descubrió allí, hablando con Bárbara, a cuatro de los marineros que la habían rescatado.*

Parada sobre la cubierta del barco, contemplando el océano, escuchó que se aclaraban la garganta a su espalda. Cuando giró el rostro, Wales se estaba acomodando a su lado, apoyándose en la barandilla del barco.

—Bonita noche.

Ella asintió con la cabeza volviendo la vista al mar.

—*Nimitzhualhuiquilia inin nemactli notlocpa* —le dijo el marinero entregándole una bolsa de tela marrón.

Elena la abrió con curiosidad, dentro encontró un par de botas de cuero. Las sacó y las observó con detenimiento.

—Gracias.

Se puso el calzado que Wales le había obsequiado; le quedó cómodo, eso le extrañó ya que su talle no era usual.

—¿Cómo habéis sabido mi talle?

—Trabajaba en zapatería antes que Augusto convocarme. —Wales le sonrió—. Tenéis tobillos pequeños, igual tenía mi *ueltiu*, mi hermana.

—¿Cuál era su nombre? —preguntó y notó el sufrimiento en el silencio de su compañero.

—Eter —dijo el marinero luego de un tiempo.

—Habéis hecho un trabajo grandioso, me quedan tan cómodas que hasta podría bailar con ellas —dijo deseando sacar a Wales de su pesadumbre.

Elena caminó por cubierta y se puso a girar con los brazos extendidos como si fuera una niña. Notó que los marineros que estaban haciendo su guardia la observaban. Teodoro estaba al timón con Eneas, recostado sobre la barandilla delante de él. Estaba segura que el primer oficial reprobaría su accionar.

—Gracias —dijo Elena, una vez más, acercándose a Wales.

—Eres admirable.

—¿Por girar absurdamente sobre cubierta? Seguro que todos os ríen de mí —dijo como si no le diera demasiada importancia.

—Todos os envidian.

—No creo tener nada que sea para envidiar. Sólo soy una pueblerina que no conoce lo suficiente sobre cómo funciona un barco —dijo reflexionando, apoyada con los codos sobre la baranda y el rostro entre las manos.

—No os importa que otros pensar, eréis segura de vos misma. Más que hombres a bordo.

Elena se quedó pensando en las palabras de Wales, mientras contemplaba la luna y se dejaba abrazar por la briza de la noche.

—¿También le habéis hecho unas sandalias a Bárbara verdad? —dijo luego de un largo rato de silencio, recordando las zapatillas con una flor de cuero negro en el lateral y como la posadera tenía extremo cuidado con ellas.

—*Iyolloh cualli...* Tiene gran corazón, es gran amiga —respondió él sin mirarla.

Elena no dijo nada, pero repasó en su mente las veces que había visto a Wales en la posada. Pasaba al menos tres noches por semana allí y los lunes acompañaba a Bárbara y a Magui a hacer las compras en la ciudad. Magui era entrometida, pero su madre nunca le llamaba la atención y si lo hacía, la joven no la tomaba en serio, pero en la reunión en la posada había escuchado que Wales la reprendía y ella se sonrojaba avergonzada y pedía disculpas.

El recuerdo de cómo Wales trataba a la muchacha, le hizo pensar en Glhen, de cierta manera ambos hombres eran similares.

**

Al día siguiente Esteban no se encontraba bien, hacia el mediodía seguía acostado tapado con tres mantas y quejándose de frío. Elena le preparó un caldo y se lo llevó ella misma, tuvo que dárselo de a sorbitos con paciencia. La frente del joven ardía y ella estaba alarmada aunque el resto de la tripulación no le daba importancia. Según lo que Julio le había contado, Esteban se enfermaba en cada viaje, estaba en la cama cinco días sin ingerir más que líquidos y luego era como si nada hubiera pasado.

—No te dais una idea del mal humor que le agarra si se pierde una batalla —le dijo el cocinero como si fuera un reproche hacia el muchacho.

A Elena no le importó cuántas veces se hubiera presentado ese episodio antes, nadie pudo sacarla del lado de Esteban. Los marineros protestaron por tener que conformarse, otra vez, con la comida de Julio.

Teodoro la reprendió a los gritos, con su rostro enrojecido y una expresión tal de repudio que Elena llegó a pensar que el hombre le pegaría.

—Eres una muchacha inepta —le dijo Teodoro de forma despectiva.

Elena estuvo a punto de replicarle, pero el hombre no le proporcionó la oportunidad: se dirigió a la puerta del camarote común farfullando improperios.

—En el mar hay normas y no las dictáis tú —le dijo antes de marcharse en un tono seco.

En un principio lo había enaltecido, por ser quien había matado al asesino de Madelein, pero cada vez se le hacía más intolerable. En ese preciso momento lo aborreció.

Esteban dormía, por lo que se recostó esperando que se disipara su mal humor.

Fuera de aquel episodio con Teodoro los días pasaron de manera tranquila. Eneas le hacía compañía de a ratos y ella contaba historias de su infancia, en especial de sus travesuras, aunque Esteban pasaba la mayor parte del tiempo durmiendo. La presencia esporádica del capitán la hacía replantearse su actitud. Augusto no le hablaba, sólo entraba a la sala, se apoyaba contra una de las paredes y se quedaba contemplándola por varias horas. La primera vez que había aparecido allí temió que la levantara en falta. Le costaba interpretar su silencio. ¿Reprobaba su accionar? ¿Creía que estaba haciendo lo correcto? ¿Se arrepentía de no haberla devuelto a tierra en su momento? Sabía poco de ese hombre, pero tampoco nunca había sabido demasiado de Glhen. El capitán le despertaba una admiración y una sensación de seguridad parecida a las que había generado en ella el jardinero.

Al sexto día Esteban se levantó tal como había dicho Julio. Durante dos días Elena se negó a entablar conversación con nadie y se rehusó a cocinar. Permaneció encerrada en la bodega ordenando las provisiones, incluso dormía allí para evitar las miradas de reproche de los hombres. Repasaba en su mente todas las cosas que había aprendido sobre el barco negándose a sentirse inferior.

—Fue agradable que os quedarais conmigo —le dijo Esteban antes de marcharse de la bodega cargando la bolsa de legumbres que le habían mandado a buscar.

Elena terminó de acomodar las botellas de vino y ron en una esquina a modo de que no pudieran romperse con el vaivén del barco. Se sentó en el piso y aceptó de buena gana que el gato se subiera a su regazo.

"Haz siempre lo que sintáis que debéis hacer, sin importar cuantas normas tengáis que desobedecer", era uno de los consejos de Ghlen. Se sentía dolida, la indiferencia de los marineros ante la enfermedad de Esteban hizo resurgir en ella el abandono que padeció al estar encerrada en la celda del barco pirata. Una de sus compañeras había fallecido a causa de la fiebre por no recibir ninguna atención. Y su hijo, su hijo había nacido muerto sin que le importara a nadie.

**

Elena se despertó una vez más con la sangre de Madelein salpicándola. Acompasó su respiración y subió a cubierta. Resguardándose del viento con su chaqueta, se ubicó junto a la baranda de babor, contemplando la Isla Alvera, en la que desembarcarían por la mañana. Vio a Wales con el torso desnudo mimetizado con la noche. Se acercó a él, tenía curiosidad por conocer sus orígenes. Su modo de hablar tenía un tono particular y lo había visto, en algunas ocasiones, al alba, recostado junto al palo mayor, tallando figuras en un trozo de madera mientras cantaba en una lengua, para ella, desconocida.

—¿No tenéis frío?

Wales le sonrió, tomó su camisa color verde musgo del piso y se la puso.

—Así nos hacíamos *okichtli*.

Elena separó los labios para preguntar a qué se refería, pero no pronunció las palabras. El marinero la contemplaba con tristeza, como si su semblante se pareciera al de alguien más.

—En tribu donde crecí, no celebran adultez sólo por cumplir años. Teníais que superar ciertos ritos para demostrar compromiso con aldea y con *Tehteöh*, vosotros les llamáis…

—Dioses, me lo ha dicho Julio cuando contasteis la historia de Natsilane en la posada —dijo Elena interrumpiendo a su compañero y se quedó callada.

—Dejar que viento frío de noche atraviese piel es aceptar imposiciones de *Tehteöh*, es permanecer firme ante adversidad —continuó diciendo Wales después de un rato de silencio.

—¿Qué les ocurrió? —dijo ella sin detenerse a evaluar si era pertinente preguntar.

—Eter era niña cuando piratas desembarcaron en playa. Era época de caza, hombres haberse marchado a la selva. Piratas nos ataron con cuerdas y mataron a quienes resistirse.

››Escuché los golpes de tambor, señal de alarma, cuando estuve a bordo de galeón. Humo elevarse de atrás de árboles. Los piratas corrían a botes arrojando antorchas sobre la arena, lluvia de lanzas volar sobre ellos. En cubierta de barco mucho griterío, nos empujaban hasta encerrarnos… yo no entender sus palabras entonces.

Wales hizo una pausa que Elena no interrumpió. Miraba a la costa. No se atrevía a escrutar el rostro de su compañero en ese momento de vulnerabilidad.

—No recuerdo cuanto tiempo estuvimos en celdas, un día nos hicieron subir. Con manos atadas con sogas, nos obligaron a pararnos uno lado de otro y nos apuntaban con pistolas. Uno compañero intentó zafarse y dispararon en el pecho. Eter estaba a lado mío… temblaba y lloraba en silencio.

»Hombre gordo con una pipa, parado frente a nosotros, comenzó a caminar a menos de un metro escrutándonos. Se detuvo ante mí y empezó a hablar, no sabía que decía, pero mantuve la mirada. Eter me aferraba el brazo fuerte, sus uñas dejaron marcas en mi piel.

»Nos desataron y empujaron hasta descender a un bote apuntando con armas... Remé media hora hasta nuevo barco. El remo se resbalaba de la mano… mi gente construía canoas e internaban en aguas a pescar, pero yo aún no había ganado ese derecho…

»Los hombres daban palazos en la espalda para apurarme. Había visto, antes de descender a bote, hombre darle monedas de oro a pirata.

Elena se sentía como la niña que Wales describía, temerosa y triste por ser arrancada de su mundo, una sensación que conocía a la perfección. Su compañero no la miraba de frente, sino que jugaba con una daga pasándosela entre los dedos.

—Era un ballenero, nos habían comprado… el trabajo era duro y agotador. Eter solía amanecer con frente caliente y tiritando de frío, pero estábamos vivos y teníamos comida. Acepté sumiso desde principio, no pensaba en escapar.

Elena sintió la culpa reflejada en aquellas palabras, comprendía ese sentimiento. No se atrevió a indagar en los ojos de Wales.

—Un verano, estábamos en puerto, encerrados en calabozos. A medianoche unos hombres bajaron, cuatro de los marineros y dos que desconocía… estaban borrachos. Me pegaron hasta dejarme tirado en piso casi inconsciente, mis ojos estaban velados, pero podía oír, escuchaba gritos de mi hermana, súplicas y llanto.

Elena sintió como se le hacía un nudo en la garganta, podía imaginar los hechos a la perfección tal como si los estuviera viendo: la celda hedionda, la golpiza y los hombres despojando a la muchacha de su ropa... era imposible olvidarlo. El odio le hervía en el interior del cuerpo.

—Desperté al amanecer, con fuerte dolor de cabeza, brazos y piernas entumecidas y sangre seca en rostro. Puse de pie, sólo podía abrir ojo derecho y estaba mareado. Distinguí a los seis hombres dormidos en suelo, olor a vino muy fuerte. Subí a cubierta apoyándome en paredes, allí marineros tirados roncando con botellas en manos.

»A babor, cerca de la popa, junto con redes y sogas la vi tirada en piso... charco escarlata la rodeaba, pelo largo empapado en sangre, no quería creerlo, no quería seguir acercándome...

La voz de Wales cada vez se iba haciendo más ronca y gutural.

—Sus manos aferraban un arpón para disparar a las ballenas, clavado en su pecho...

El marinero se quedó callado, Elena sabía que no había necesidad de más palabras. Ella podía palpar el dolor de su compañero.

Elena hacia un gran esfuerzo por controlar sus temblores, los recuerdos parecían querer fundirse con el presente: la pestilencia de la celda se olía en el aire, los cardenales que ya habían desaparecido volvían a dolerle, el sudor mugriento volvía a pegársele al cuerpo.

En su mente una niña de cabello negro largo, piel morena y una inocencia sagrada se desvanecía en la depravación de hombres sin escrúpulos. No había rezo que pudiera hacer justicia.

**

Wales sentía la calidez de Elena a su lado; veía como ella contemplaba el horizonte con un semblante que le pareció solemne.

Eter envuelta en sangre en la cubierta del ballenero era una imagen que se negaba a apartarse de su mente. Se veía a sí mismo levantar del piso el cuerpo sin vida de su hermana. Atravesar la distancia hasta el muelle con el temor de ser descubierto. Intentar alejarse lo más rápido que podía con sus heridas palpitando, amenazando con hacerlo caer. Jurar que jamás volvería a pisar un barco.

Durante mucho tiempo había rogado a sus Dioses tener otra oportunidad. "Esta vez no fallaré", se dijo.

## ~~ 12 ~~

Ismael salió de su camarote cuando apenas despuntaba el sol. Su mente no paraba de calcular probabilidades. Aunque revelar la identidad de Elena se correspondía con el último deseo de su madre, era necesario evaluar con detenimiento las posibles consecuencias. Si se corrían rumores que atrajeran desprestigio, el Rey les quitaría su apoyo, y lo principal que requerían de su majestad, los permisos para transitar con libertad por las aguas y desembarcar en los puertos de ser necesario.

Un amanecer anaranjado lo envolvió apenas pisar cubierta, el sol recién comenzaba a asomar y los marineros aún no habían ocupado sus puestos. Distinguió a Esteban en el carajo y a Fernando subiendo por las jarcias firmes. A la distancia vio a dos marineros que dormían junto al palo de trinquete en el estribor del barco. Caminó hacia ellos. A la altura de la línea de través distinguió los rostros. Elena estaba recostada con la cabeza sobre el pecho de Wales, que la rodeaba con sus brazos.

Un paso y luego otro, Ismael no era dueño de su cuerpo. Por instinto sacó la pistola que llevaba a la cadera y se aproximó a ellos. Pateó un barril que cayó con estrepito y rodó sobre la superficie hasta el lateral del barco. La pareja, ante él, despertó sobresaltada. La mirada de desconcierto de ella fue lo que le hizo caer en la cuenta de su actitud. El rostro de Elena mostraba su estupor. Varios mechones de pelo se escapaban de su trenza y la camisa blanca se había deslizado por su hombro dejando a la vista su piel.

Ismael observó a Wales mientras se ponía de pie, no había en sus facciones ningún signo de temor. El marinero se paró frente a él. Era más alto y de mayor contextura. No intentó quitarle el arma, sino que buscó que sus miradas se encontraran.

—No tengo esas intenciones —le dijo y se marchó.

La quietud de la noche muriendo parecía burlase de ellos. Dos jóvenes que se querían, que compartían la misma sangre, que pasarían el resto de sus vidas a bordo del mismo barco, que se sentían vulnerables estando uno frente al otro…

Ismael percibió como el rostro le ardía de furia. Evitó mirar los ojos azules de Elena y se dirigió a su camarote. Escuchaba las pisadas tras él. Entró dejando la puerta abierta, la vista fija en su escritorio, le parecía que estaba por estallar en pedazos. Perdería la razón si continuaba así... si no la había perdido ya. Percibía la presencia de ella tras de él, su aroma fresco como el de las colinas verdes. Su mente se fue apaciguando y las ideas comenzaron a ordenarse con claridad.

En una fracción de segundo, le agarró el rostro y la besó. Se hizo dueño de su boca y dejó que ella percibiera la intensidad de su deseo. Sintió el tacto de las manos de ella sobre la tela blanca de su camisa. La tenía en sus brazos, era la oportunidad para reclamarla para él, sin embargo, algo lo detenía: sentía la reticencia en ella.

Él la separó con suavidad, apenas empujando sus hombros mientras que daba un paso atrás, y acariciaba sus mejillas con los nudillos.

—Lo lamento.

**

Elena estaba inclinada sobre la barandilla observando como el capitán se marchaba en bote junto con Wales e Ismael. Manuel le tocó el brazo para llamarle la atención. Era un hombre joven de pelo largo rubio que la mayoría del tiempo llevaba desatado. Hacía unos días atrás le había enseñado como debían anudarse las jarcias de labor de los aparejos, y los nombres de los palos y velas que permitían que el barco avanzara. Se había mostrado gentil ante sus preguntas sobre esos temas, pero sólo de ello le hablo. Sus palabras eran concisas sin que se filtrara en ellas una opinión personal. No podría decir que el marinero le resultara una persona distante, sino reservado en exceso, aunque quizás tuviera esa actitud sólo para con ella.

Se volteó luego de que Manuel le tocara el brazo y vio a Teodoro parado junto al palo mayor. Todos los hombres estaban a su alrededor, se mantenían en silencio, atentos a las indicaciones que el anciano estaba dando. Se iban dividiendo en grupos según se escuchaban nombrar.

—Elena estaréis a cargo de recoger todo lo que sea comestible. El grupo lo conformaréis —continuó revisando sus notas—: Julio, Manuel y Eduardo. En el barco se…

—Señor —lo interrumpió ella—, con vuestro permiso quisiera llevar arco y flechas, puede que se nos dé la oportunidad de cazar.

Teodoro se quedó contemplándola, parecía estarla regañando con la mirada, pero ella permaneció firme.

—Creo que tenemos un arco abajo, puedo ir a buscarlo —dijo Julio.

—No os demoréis, marinero —fue la respuesta de Teodoro y volvió a consultar sus notas—. En el barco se quedarán…

Elena no prestó atención a como se distribuirían los hombres restantes. Tendría un arco en las manos, eso ocupaba todos sus pensamientos, recuerdos que iban acompañados por las expresiones de fastidio y risas de Glhen.

—Aquí tenéis, señorita —le dijo Julio a su lado entregándole un arco y un carcaj con flechas.

Elena tomó el arma y se puso a examinarla acariciando la madera, se encontraba en perfectas condiciones y era tan similar al que ella había usado de pequeña que le resultó doloroso.

—Cargad con sus armas en todo momento y no olvidéis los silbatos —fueron las últimas palabras del discurso de Teodoro.

El anciano le entregó los papeles a uno de los marineros y se acercó a ella.

—Un sonido prolongado significa peligro —le dijo sosteniendo con la yema de los dedos un cordel del que pendía un silbato de metal—, atadlo a vuestro cuello y no os lo quitéis nunca.

**

Elena pasó toda la tarde reconociendo el lugar, había varios árboles frutales, pero los frutos aún no estaban maduros, “quizás dentro de una semana”, pensó.

—Debemos volver, o nos comerán a nosotros si la olla está vacía —le dijo Julio en un susurro, se podía percibir el cansancio en su voz.

—Sólo un momento —dijo e hizo una seña a los marineros para que guardaran silencio.

Tomó el arco de su espalda con la mano izquierda y dos flechas entre los dedos de la derecha. Tenía la vista fija en los arbustos, en dos sombras que se movían en círculos, de un momento a otro levantó el rostro y lanzó una flecha tras otra al cielo. Los hombres quedaron atónitos y comenzaron a vitorearla cuando las aves cayeron en picada.

—¿Sabéis cómo cocinarlas, señorita? —preguntó Julio, parado a su lado, mientras los marineros cargaban lo que sería parte de la cena.

Ella le guiñó un ojo y comenzó a tararear una melodía. Hacer que Glhen le enseñara a cazar fue la única forma en que Madelein había conseguido controlar sus travesuras.

*Al principio, a la Elena de nueve años, le costaba mantenerse concentrada y ser tan silenciosa como para sorprender a su presa, sin embargo, tres cumpleaños más tarde, pudo poner sobre la mesa de la cocina un cervatillo al que ella misma había disparado.*

Volver a tensar el arco la llenó de efusividad y recuerdos alegres, que no tuvo intención de ocultar en el regreso a la playa. Esteban los esperaba allí para guiarlos al campamento que habían montado en el interior de la isla, tal como Teodoro lo había dispuesto antes de desembarcar. Elena dirigió su vista hacia el barco que seguía anclado, el mar estaba calmo y el atardecer anaranjado, ambas cosas resaltaban la belleza de El Cazador.

—Linda melodía —le dijo Esteban acercándose a ella.

Manuel y Eduardo se aproximaron a otros dos marineros, que acarreaban uno de los botes para alejarlo del oleaje, y les mostraron las presas que llevaban, así como también las frutas que habían podido recoger. Pronto todo el grupo emprendió el camino hacia el campamento. Mientras caminaban tras Esteban, Elena recitó la letra de la canción que al joven le había interesado. Hablaba del regreso de los soldados, librados a su suerte, luego del deber de la batalla. Bahuel la recitaba en todo momento sin siquiera percatarse de que lo hacía, era imposible para Elena olvidar cada detalle de ese tiempo que vivieron juntos.

Se dispersaron al llegar al predio escogido, las tiendas habían sido montadas entre los restos de la aldea. Sólo tres chozas de caña se mantenían en pie, aunque estaban ennegrecidas y torcidas como a punto de derrumbarse. Se podía decir donde habían estado las otras por la marca de tierra quemada en forma circular. Los marineros se movían de un lado a otro mientras Teodoro gritaba nombres y daba órdenes sin dejar de hacer anotaciones sentado ante una mesa improvisada con tablones de madera traídos del barco. Vio a Julio hacerle una seña y desaparecer en el interior de una de las tiendas. Ella no lo siguió. Su cuerpo avanzaba por voluntad propia, guiado por la curiosidad de ver a un grupo de hombres tapando un poso a lo lejos. Se llevó una mano al pecho buscando la cruz de plata, pero en su lugar encontró el silbato, sus dedos jugaron con aquel objeto vacío de recuerdos.

Siguió caminando, dejando las tiendas atrás. Frente a ella, al otro lado de una fosa de grandes proporciones, Fernando arrojaba tierra con una pala de metal. Tenía el torso desnudo y la transpiración hacía brillar su piel, resaltando una cicatriz diagonal desde el hombro hasta la cintura.

A Elena la garganta le picaba por el olor a putrefacción. Bajó el rostro hacia la fosa. Los cuerpos no parecían humanos, algunos harapos apenas si cubrían los huesos carcomidos, y los gusanos se deslizaban por las cuencas de los ojos, atravesando la carne que aún quedaba en las mejillas y pasando entre los dientes. Se quedó parada allí, mientras los marineros echaban tierra. Sintió que nadie reparaba en su presencia, no la invadía la compasión ni la pena, sólo odio... un odio cada vez más intenso.

**

Días más tarde, Elena estaba sentada sobre una piedra al lado del lago, tenía los brazos enrojecidos por haber pasado las horas del mediodía cazando en el interior de la isla bajo el sol. Ese lugar, al igual que el resto de la isla, estaba repleto de arbustos y árboles. La superficie del lago era transparente dejando ver las rocas en el fondo y los pequeños peces plateados nadando en cardumen. Ella extendió el brazo y tocó el agua, su temperatura le pareció fría y cálida a la vez. El cielo estaba despejado, de un celeste tan puro e inocente que Elena llevaba años sin contemplar. Los sonidos eran un eco del latir de la isla, sólo interrumpido por las voces de los marineros que cargaban el agua en barriles para utilizarla en el campamento.

Wales se sentó junto a ella y sumergió la planta medicinal que había ido a buscar en el agua cristalina quitándole la tierra. El brote era verde y alargado con pequeños dientes duros a los costados, él la cortó a lo largo y se la frotó en los brazos con suavidad. Despedía una sustancia pegajosa que le daba una sensación de calma, como la contemplación de la lluvia a través de una ventana. Su quemadura no era grave, pero no iba a renegar de los cuidados y atenciones que le prodigaron.

—¿Aún os duele?

Elena negó con la cabeza, miraba el lago y sentía deseos de sumergirse en él.

—¿Creéis que podría bañarme aquí?

—Mejor esperad a la noche así no habrá nadie.

Wales le entregó los otros brotes de la planta que había arrancado para que se volviera a colocar luego. Cuando se puso de pie algo cayó del bolsillo de su pantalón. Elena lo levantó, era redondo, tejido con hebras de alguna planta o árbol, éstas atravesaban el círculo en todas las direcciones uniéndose en los bordes.

—¿Qué es?

—Lo encontré cerca de choza. —Y así sin más, Wales comenzó a relatar una de sus historias—. Hace mucho tiempo, antes que hombre creara las ruedas, cuando sólo ocupaban pequeña parte de mundo, había mujer araña llamada Asibikaashi, mujer araña que tejía sobre camas de niños una red delicada, pero fuerte, que atrapaba todo mal durante la noche y hacía que se desvaneciera al alba. Pero cuando pueblos comenzaron a dispersarse por bastedad de tierras existentes, cuando pueblos comenzaron a construir casas en lugar de dormir entre árboles, Asibikaashi renunció a su labor y se marchó a selva lejana donde ningún hombre pudo penetrar jamás. Con su marcha, la función de proteger a niños del mal durante la noche quedó a cargo de madres y abuelas que fabricaban estas redecillas imitando telarañas de Asibikaashi.

Elena pensó en sus pesadillas y en las de los otros marineros. Cada historia que Wales contaba tenía un profundo impacto en ella.

—¿Puedo quedármelo? —dijo antes de percatarse que no tenía derecho a quitarle aquello.

—Este está roto —dijo Wales señalando un área donde el hilo se había cortado—, os enseñare a hacer, si queréis.

**

Wales la vio sonreír mientras ella pasaba la yema de los dedos sobre los cordeles en forma de telaraña y sintió una punzada de dolor en el pecho. Cuando Elena sonreía su pera parecía redonda como un damasco, al igual que Eter. Su compañía mitigaba un poco la culpa de su pasado, le hubiera gustado enseñarle la isla él mismo, era un lugar parecido a donde había vivido antes de los piratas, pero por ello mismo, el capitán lo había requerido a su lado. Ya habían recorrido en bote los alrededores y transitado por los senderos hacia la aldea. Ya la habían examinado palmo a palmo, al menos el área a la que se podía acceder a pie. Si no lo conociera desde hacía años, diría que Augusto había enloquecido: iba de un lado a otro con su libreta, tomando notas a todo momento, prestando más atención a la brújula que a si un animal se cruzaba en frente. Era un comportamiento habitual, que, en contraste con su porte prolijo, resultaba desesperante de contemplar.

Pero ahora, Augusto había decidido encerrarse en su camarote en el barco, lo que dejaba a Wales en libertad de hacerle compañía a Elena y enseñarle cosas sobre la isla. Le mostró como tejer las telarañas dentro de los aros para ahuyentar los malos sueños y montó guardia vigilando que ningún marinero se acercara al lago mientras ella se bañaba. Él no tenía interés en ella como mujer, veía su belleza de una forma tierna, le recordaba a Eter.

**

El camarote del capitán era amplio, pero en aquel momento no había espacio para moverse. Parecía que una tormenta hubiera azotado el barco provocando el caos: mapas sobre la cama, papeles y carpetas en el escritorio, libros y pergaminos amontonados en el piso. Augusto contemplaba un trozo de roca negra que le había manchado la mano al tocarla. Parecía estar esperando que la piedra abriera los ojos y le hablara, descifrando el misterio de su procedencia. No pertenecía a la isla ni a las ciudades, ¿de dónde provenía? Teodoro sabía que su amigo no descansaría hasta encontrar la respuesta. "Tiene que estar escrito en algún lado" era, de seguro, en lo único que pensaba el capitán.

Él, ya viejo para estar encaramado en el piso rebuscando entre papeles, fumaba con su pipa pegada a los labios, sentado con soltura en un sillón de respaldo alto, lo que lo hacía parecer más petiso de lo que era, como si se tratara de un "duende". El recuerdo de aquel apodo que había escuchado por última vez hacía más de tres décadas le produjo una punzada de dolor en el pecho.

No estaba colaborando en la búsqueda, tan sólo miraba a su amigo en estado de desesperación y volvía a concentrarse en la pipa. Sin embargo, sabía de la importancia de acompañar la soledad.

—Conocí a un porquerizo que era tan desordenado como tú —dijo luego de dejar salir el humo por sus labios.

Vio como una mueca se dibujaba en el rostro de Augusto. Sabía que si su amigo no hubiera estado tan concentrado se habría reído como en las viejas épocas. El remordimiento que percibía en el capitán lo agobiaba. Había estado bajo su mando en el ejército, y si hubiera dejado de verle y se lo encontrara no lo reconocería. Físicamente seguía siendo el mismo, pero eso era lo único. Si le tuviera menor aprecio y juzgara desde la lejanía diría que la vida hizo de él un hombre mejor. Pero le era imposible hacer una consideración semejante cuando estaba tan cerca que podía oler su dolor, culpa y remordimiento. Teodoro soñaba también con lo que había ocurrido en aquella mansión olvidada en el monte, la masacre aún le manchaba las manos de sangre, y los rostros de los niños que habían matado le preguntaban su nombre una y otra vez.

**

Elena salió del agua, se secó y vistió en silencio. El baño en el río la había relajado por completo, y apaciguado el ardor de las quemaduras del sol sobre la piel.

—Ya podéis voltearos —le dijo a Wales mientras se secaba el pelo y se lo peinaba con los dedos.

El marinero, que había estado haciendo guardia para que nadie la viera, se aproximó a ella y se sentó sobre una roca.

—Hermosa *youali*.

—¿Qué significa?

—¿*Youali?* Noche.

—Me gusta como suena, ¿podéis enseñarme más?

—¿Palabras?

—Sí, y también me gustaría que me contarais como era vuestra vida antes. ¿La extrañáis? Yo a veces sueño con las colinas y los bosques de donde vivía antes. Que soy un ave de gran tamaño y las recorro desde el cielo... Perdón, te parecerá una tontería.

—*Tsopilotl*.

Elena levantó el rostro de la flor que estaba contemplando y miró a su compañero.

—Es el nombre que le dábamos a un ave negra, de gran tamaño, común en mi tierra.

—¿Cuál es el nombre para el mar? —preguntó imaginando al *tsopilotl* sobrevolando las aguas.

—*Ueyatl*.

Wales levantó la vista al cielo.

—La luna es *metstli,* y el sol *tonatiu*... El cielo *iluikaltl*.

—Procuraré recordarlos —dijo ella contemplando también el abismo sobre ellos.

—Solíamos pasarnos horas...

Unos gritos provenientes del campamento interrumpieron su conversación. Ambos se pusieron de pie y corrieron hacia donde se encontraba el resto de la tripulación. Elena quedó inerte al ver a un grupo de hombres asestándose golpes entre ellos. Algunos intentaban frenar la contienda interponiéndose, entre los que pronto vio a Wales sumarse.

—Esto pasa sólo en ausencia de Teodoro —escuchó decir a Esteban parado a su lado.

Elena giró el rostro y contempló al muchacho. Miraba la pelea cruzado de brazos.

—¿Por qué...? —pronunció sin poder finalizar.

—¿Por qué se pelean? Anda a saber, demasiados gallos en un corral. A algunos les gusta hacer bromas y algunos son poco tolerantes. Pero sólo son un par de golpes. Es mejor así, que no queden resentimientos para el momento de la batalla.

**

Dos semanas después los hombres se sumieron en el atareado fervor de preparar la vuelta al barco: se levantaron temprano y comenzaron a desarmar el campamento. Elena guió la última expedición para recoger víveres por la mañana y ayudó a Wales a envolver las plantas medicinales por la tarde.

Los botes iban y venían. Todos se movían con prisa.

—¿Qué es lo que hacéis? —le preguntó a Julio al atardecer, mientras veía a los marineros vaciar unas botellas en los barriles.

—Se le agrega ron, lima y azúcar al agua para que se conserve por más tiempo y tenga buen sabor, señorita.

Su vida había cambiado por completo, pensó Elena. A pesar de no comprender del todo la dinámica que envolvía a la gente a su alrededor tenía la sensación de ser parte de ello. Sentía que tenía algo que aportar, que merecía estar allí.

Subió al bote junto con Wales y Manuel, siendo los últimos en abandonar la isla. Percibía una sensación de adrenalina que le recorría el cuerpo al volver a embarcar. Eneas la observaba desde la baranda mientras ella subía por la escalerilla. Acarició al gato en la cabeza y éste la obsequió con un ronroneo.

—¿Me extrañasteis?

Continuó acariciando el lomo de Eneas una vez que estuvo sobre cubierta. Volvía a pisar los tablones de madera, contemplar los mástiles, velas, jarcias y barandillas, cada elemento del barco que no se había percatado de echar en falta hasta ese instante. Un ardor alegre inundó su pecho, sensación de pertenencia y seguridad que pronto se intensificó transformándose en recelo y furia al ver a Ismael tras el timón.

No había podido, en esos días en la isla, cruzar palabra con él. El descubrimiento de ese paraíso de plantas y aves ligado a la desolación y la crueldad, la imagen de los restos humanos carcomidos por gusanos en la fosa y las chozas quemadas habían apartado sus pensamientos del sentimiento amoroso y la inquietud por el vínculo sanguíneo que los unía.

## ~~ 13 ~~

Era temprano por la mañana y a bordo de El Cazador la calma se palpaba en el aire. Había algo en ese barco que mitigaba las ansias de los hombres.

—Es extraño volver a abordar, es como si la tranquilidad se hubiera apoderado de todos. En la isla se percibía cierta tensión—le dijo Elena a Julio mientras revisaba el inventario de los alimentos traídos de la playa. No estaba segura que fueran a alcanzar si el viaje se extendía más de dos meses.

Sabía que su compañero la observaba. Era la tercera vez que repasaba la lista de las cosas que habían recogido en la isla. La cocina estaba limpia, quizás algunas motas de polvo tras los días sin uso, pero de igual manera ella pasó el trapo en cada estante antes de acomodar las provisiones. Julio no había tenido problema en ayudarle, aunque la conversación que estaban teniendo, que ella había iniciado, parecía alejarlo de la realidad.

—El barco representa la tranquilidad de saber que uno está haciendo lo que no pudo hacer antes —dijo el hombre con la vista contemplando más allá de la pared donde colocaba los frascos en la estantería.

Ella entendía esa sensación y la compartía. Los recuerdos de las pérdidas sufridas afloraban en su interior.

—¿Se encuentra bien, señorita? —preguntó su compañero más tarde.

Miró a Julio. Había olvidado su presencia, algo que le ocurría desde la primera vez que había estado en la cocina.

—Sí, perdón.

Elena se había perdido en sus divagaciones habituales, esas que tenían que ver con la marca grabada en su hombro. Necesitaba saber qué había ocurrido con su madre, cómo había terminado en manos de unos traficantes, por qué no podía hablar con el capitán al respecto, cuál era el penoso secreto que envolvía su existencia. Miraba la puerta, se había propuesto exigirle a Ismael respuestas, pero aún no había encontrado la ocasión. Quizás debía admitir que no se animaba a enfrentarlo, que a veces se descubría a sí misma acariciándose los labios, recordando su beso.

—Necesito subir a tomar aire, volveré en un momento.

Elena salió de la cocina al mismo tiempo que Eneas entraba con una de sus presas en la boca.

**

La puerta del camarote de Ismael estaba entreabierta. Elena entró y lo vio recostado en la cama con las piernas cruzadas y los brazos tras la cabeza.

—¿Podéis decirme cómo murió mi madre? —No había querido empezar la conversación así, pero las palabras se le escaparon sin poder contenerlas. Al pronunciarlas se dio cuenta de que estaba furiosa.

Ismael abrió los ojos de golpe. Ella permaneció de pie imperturbable a pesar de la mirada gélida de él.

—Ha hecho falta mucho esfuerzo y trabajo para que El Cazador sea lo que es hoy. Si se supiera quién sois suscitaría cuestionamientos.

El tono de voz y el modo en que remarcaba las palabras la hicieron enfurecer aún más. Siempre que hablaban, él parecía culparla por algo que le era desconocido.

—¡No os pido que lo proclaméis! ¡Soy yo la que quiere saberlo! Soy yo… —Las lágrimas comenzaron a rodar bajo sus párpados inflamados, su cara estaba roja y tenía las manos en dos puños, tan fuerte que las uñas se le clavaban en la piel.

No escuchó respuesta, su visión estaba nublada y unas puntadas agudas en el estómago la azotaban. Necesitaba salir de ahí. Cruzó el camarote dejando la puerta abierta, tropezó en los escalones, pero hizo caso omiso. Los marineros la observaron atravesar la cubierta a paso acelerado con la vista fija en los tablones de madera. Escuchó a Wales pedir que lo cubrieran con las amarras e ir tras ella. Pero por más que intentó consolarla, Elena se limitó a acostarse en su cucheta y taparse el rostro con la manta a cuadros amarillos y marrones.

Wales permaneció allí, sentado sobre un cajón de madera custodiando la tranquilidad del lugar. Ella lo escuchaba despachar a quienes se acercaban al marco de entrada y entonar una melodía por medio de silbidos, en un intento por consolarla.

**

Esa noche fue una de las cenas más silenciosas que tuvieron. En el rostro de Elena se transparentaban sus emociones, ira y tristeza a partes iguales. Contemplaba el tenedor cargado en su mano como si estuviera decidiendo si contenía veneno. Augusto mismo había ido a buscarla para que subiera a comer, pero ella no tenía apetito. Wales, sentado a su lado, le sostenía una manta sobre los hombros, pero ella no notaba el frío. El aire se sentía asfixiante y los rostros de los hombres parecían perdidos en otra realidad, al igual que aquella vez que Esteban había dicho que la comida le recordaba a su madre.

Comió poco, sin mirar a nadie, sin decir palabra, pero ya no lloraba. Las lágrimas se habían acabado. Como si le hubiera dado vuelta a la carta correcta en un juego de azar, descubrió que a bordo de El Cazador el dolor cobraba el mayor de los respetos.

**

La noche había caído y en el cielo destellaban cientos de puntos blancos. La cubierta de El Cazador estaba casi desierta, como era usual a esas horas. Esteban podía ver al capitán Himcalde conversando con Wales parados junto al timón. Él estaba apoyado en la baranda de babor, pronunciaba en un susurro los nombres de las estrellas que había aprendido en su infancia.

—¿Qué es eso que recitáis? —le dijo Elena parada a su lado.

Él la contempló, su semblante parecía pálido y su postura acurrucada en la manta que la cubría le daba un aspecto frágil. Le habló de aquellos astros luminosos que asomaban en la inmensidad del cielo. Se los fue señalando indicándole sus nombres.

—¿Cómo los habéis aprendido? —le preguntó ella luego con un semblante más animado que antes, pero esas palabras hicieron que el rostro de Esteban se ensombreciera.

—A mi madre les gustaban, tenía un libro y todas las noches las buscaba para mostrármelas.

—¿Qué le ocurrió?

La pregunta lo tomó por sorpresa. A bordo de El Cazador ya todas las historias eran conocidas, pero no se las mencionaba. Cada uno de los marineros sabía el dolor y la culpa que los recuerdos provocaban. Y ahí estaba ella, Elena, haciendo esa pregunta, obligándolo a recordar. Contempló el rostro de la muchacha que tenía en frente, su mirada, había una inocencia perturbada en esos ojos que le recordó a cómo se había percibido a sí mismo durante mucho tiempo.

—Tenía once años —comenzó a relatar Esteban—, estábamos cenando cuando la puerta se abrió desde afuera, con una patada. Tres hombres entraron, apestaban a vino, llevaban espadas. Uno levantó un rifle y le apuntó a mi padre antes de que se hubiera levantando de su silla. “Buenassss nochesssss”, dijo arrastrando las eses y disparó.

»Mi madre me tomó de la mano e intentó correr fuera de la casa, pero la agarraron. A mí me empujaron, tropecé y caí al suelo, me raspé los brazos y sentí una punzada aguda en el tobillo. Estaba acorralado contra la pared viendo como mi madre forcejeaba con los piratas. La obligaron a ponerse de rodillas. El que le había disparado a mi padre se reía y se bajó el pantalón frente a ella.

»Tenía miedo, tanto que me oriné encima. Apretaba los ojos, no quería mirar. Escuché un grito y levanté la vista, mi madre lo había mordido. El pirata la abofeteó, se acomodó los pantalones antes de tomarla del pelo y arrastrarla fuera de la casa. Otro me agarró por los brazos y me llevó también afuera. Cuando salí vi que la estaban atando a una viga. Ella buscaba mi mirada y movía los labios para que yo los leyera. Me decía que huyera, pero yo no podía reaccionar.

»El líder sacó una botella de vidrio de una bandolera y tomó un trago que escupió sobre el rostro de mi madre. Luego vació el líquido sobre ella. Empezaba a percatarme de lo que pensaban hacerle. Intenté soltarme, pero sólo conseguí que me sujetaran más fuerte. Gritaba y les rogaba que se detuvieran. Pero era como si no estuviera allí, ni siquiera me miraron. Las llamas comenzaron a elevarse desde su falda, la veía morderse el labio intentando contenerse, por mí. La veía sufrir, la escuché gritar y la contemplé hasta que todo su cuerpo fue tapado por el fuego. Sentí que la presión que me sujetaba era más leve y pisé con fuerza sobre una de las botas del pirata para zafarme. Comencé a correr y no me detuve hasta que mis piernas se acalambraron y me desmayé por el cansancio.

**

Ismael entró a su camarote y se reclinó sobre la puerta cerrada, cuestionándose una vez más si hacía lo correcto. El viento azotaba fuerte esa noche, le llegaba de frente, por medio del ojo de buey abierto, como si le pegara con la palma abierta. Wales quizás lo abofetearía si supiera que él era el causante del dolor de Elena ¿Por qué se había enamorado de ella? ¿Por qué le había permitido abordar?

Con la llama casi extinta de la lámpara de aceite en la mano, se acercó a la estantería y tomó un libro de cubierta verde musgo con el dibujo de dos peces enfrentados de forma circular en la tapa. El texto estaba mecanografiado y contaba la historia de una tribu antigua que vivía de la pesca en las costas de su ciudad de origen. Su madre había realizado el trabajo de recopilar la información y había escrito el libro, así como ilustrado el frente con los dos peces. Una sirvienta de su casa de la infancia le había hablado de su madre. "Una mujer nada convencional, apasionada por conocer cómo era la vida siglos atrás", así era como la había descripto.

Abrió el libro al medio, siendo cuidadoso de no dañar ninguna página. Desde una imagen a carbonilla, dos personas de pie lo contemplaban. Su padre, mucho más joven, con su uniforme de general, estaba a la izquierda. Tomada por la cintura, a su lado, había una mujer en la flor de la vida. Tenía el pelo rizado y llevaba al cuello un colgante de bronce con dos peces tallados, la misma imagen dibujada en la tapa del libro que Ismael tenía en las manos en ese momento. Pasó un dedo sobre el rostro pálido de su madre, con el pelo oscuro cayendo tras una diadema con una delicada flor de pedrería.

La similitud le dolía y aunque en la imagen no podía apreciar sus ojos azules, él aún los recordaba; idénticos a los de Elena.

## ~~ 14 ~~

El tiempo pasaba lento en altamar. Nueve semanas después de que se hubieran marchado de la Isla Alvera se cruzaron con un barco mercante y ambos capitanes mantuvieron una larga conversación en el camarote de Augusto. Los tripulantes de aquella embarcación miraron a Elena con desagrado e hicieron comentarios hirientes sobre la incapacidad de las mujeres para realizar las tareas de un barco.

—Si tanto os desagrada su presencia, volveos a vuestra nave —dijo Fernando parándose entre ella y los hombres.

—No hace falta que os gastéis, dudo que comprendan palabras civilizadas —dijo ella.

Uno de los marineros se disgustó con la burla y le hizo frente con un cuchillo corto en la mano. Pero antes de que Fernando pudiera intervenir, ella sacó su daga de la cintura, y moviéndose rápido se escabulló delante del hombre colocando la hoja de metal justo bajo el mentón de éste, que permaneció inmóvil, con cara de asombro y temor.

—Creo que os dijeron que volváis a vuestro barco —dijo en voz alta para que los otros visitantes también pudieran escuchar.

Los invitados se recluyeron a babor, apiñándose contra la barandilla, mientras que los tripulantes de El Cazador aplaudían y vitoreaban a Elena.

*Luego de que volvieron a embarcar, dejando la isla atrás, el transcurrir del tiempo parecía haberse detenido, los tripulantes estaban envueltos en la rutina de mantenimiento del barco y en practicar para el combate. El mar estaba calmo y el viento apenas acariciaba las velas. No había señales de lluvia y se mantenían tan quietos como si estuvieran en tierra. Elena había pensado que los marineros estarían malhumorados, en especial el capitán, con la imposibilidad de avanzar a través de las aguas, pero sus supuestos resultaron ser erróneos. Los hombres practicaban con las armas sobre cubierta formando pequeños grupos con una seriedad que le pareció temeraria. Ella sólo los contemplaba apoyada en uno de los palos, sintiéndose ajena.*

*Elena había dejado la cocina presurosa al escuchar el sonido metálico de las hojas al chocar. La variedad de armas no la sorprendió tanto como cuántas de ellas podía reconocer. Una daga curva le llamó en especial la atención; era Ismael quien la empuñaba. Bahuel, con quien había compartido el lecho casi en secreto durante un año, poseía una similar, que llevaba a la cintura durante el día y la colocaba bajo la almohada al recostarse.*

*En una ocasión él le había ofrecido enseñarle a pelear con la espada, pero, en la tranquilidad de la granja, la propuesta le pareció absurda. Ahora debía reconocer con pesar que aquellos conocimientos prácticos le habrían sido de utilidad.*

*Una espada cayó al piso junto a sus pies. Ella la levantó y se la entregó al capitán que se acercó a recogerla. Reparó en que la apariencia de Augusto Himcalde, en ese momento, era distinta. No vestía su ropa habitual, estaba sin su chaqueta azul y su camisa y sus pantalones eran de una tela liviana. Se lo quedó mirando, pensando en si sería o no su padre, en si habría similitudes entre ellos. Sus ojos negros le parecían un abismo profundo.*

*—Deberíais aprender a manejar las armas si pretendéis estar a bordo cuando encontremos al Tagurvias.*

*—¿Puedo? —preguntó de golpe recordando la lista de cosas que Madelein le había enseñado eran impropias para una mujer.*

*Augusto rió.*

*—Pensaba que estabais aquí para pelear.*

*—Nunca lo he hecho —dijo avergonzada.*

*—Los demás aquí tampoco antes de aceptar mi propuesta.*

*Ella asintió. Le admitió al capitán su deseo de aprender y esperó con paciencia que le diera sus primeras indicaciones.*

*—Necesitaréis conocer los tipos de armas, sus ventajas y como serviros de ellas. Aunque tengo cierta curiosidad por lo que lográis con el arco.*

*Elena se sonrojó, pero enseguida fue en busca del arco y el carcaj, que había guardado bajo su cucheta.*

*Cuando volvió a subir a cubierta, todos los hombres habían cesado en su entrenamiento acomodándose en los laterales del barco. Tenían la vista clavada en ella, esperando su demostración de habilidad. Teodoro era el único que aparentaba no prestarle atención, limpiando una enorme espada con un trapo. Buscó a Augusto con la vista, parecía uno más entre los marineros. Él le hizo un gesto afirmativo con la cabeza, pero ella no sabía contra que disparar. Debieron notar que se sentía perdida y que no sabía qué hacer porque Wales se le acercó.*

*—¿Necesitáis ayuda?*

*—No sé a qué disparar —le dijo en un susurro, consciente de que todas las miradas estaban clavadas en ella. El silencio casi absoluto parecía recriminatorio.*

*Wales volvió al cabo de un rato trayendo un barril con las cáscaras de cocos que habían quedado de lo recogido en la isla. Ella tensó el arco y cuando Wales co-*

*menzó a arrojar los cocos al aire su atención se centró por completo en su tarea.*

**

Siete días después del encuentro con el barco mercante, Elena estaba parada sobre cubierta frente a Ismael concentrada en detener los ataques con su espada de madera, decidida a no terminar con nuevos moretones. Al principio le había inquietado que Ismael fuera el encargado de enseñarle, pero tres semanas más tarde, le parecía ideal para descargar su frustración. Había aprendido que, con la mayoría de las armas, no se trataba de fuerza sino de destreza y precisión. Por su experiencia de caza tenía conocimiento de las zonas letales del cuerpo y el uso del cuchillo. No sentía pena por los animales y estaba segura que menos la sentiría por los piratas. Se concentró en la práctica sobre el barco y consiguió quitarle la espada de madera a Ismael de las manos tras varios golpes veloces. Aunque sospechaba que él estaba distraído con sus pensamientos cuando logró desarmarlo.

—Probemos con una de verdad —le dijo él desmereciendo su logro.

A Elena no le agradó la idea de pasar a utilizar tan pronto las espadas de metal, aquellas eran mucho más pesadas. Si fuera su elección se hubiera centrado por completo en el uso de la daga, lo que creía que se le daba mejor y la hacía sentir segura.

—¡La estáis sosteniendo mal!

Siguió las indicaciones para realizar algunos ataques contra un enemigo invisible.

—¡Otra vez!

Le llevo poco tiempo ponerse de mal humor.

—¡Callaos! —gritó moviendo la espada hacia Ismael, pero éste rechazó el ataque con el ejemplar de madera y la suya se le escapó de las manos cayendo al suelo.

—Vos queríais unirte al barco, es vuestro problema manteneros con vida.

**

—No lo conseguiré —dijo mientras entraba a la cocina.

Julio estaba sentado a la mesa limpiando y cortando unos tubérculos que habían recogido en la isla, lo poco que les quedaba. El hombre le había ofrecido encargarse de aquellas tareas para que ella tuviera más tiempo de practicar con las armas.

—Habéis aprendido bastante —dijo el capitán a su espalda.

Se volteó para verlo, nunca hubiera esperado encontrarlo allí, parado junto a una de las paredes acariciando el lomo de Eneas. Le pareció irreal, el animal estaba sentado sobre una de las alacenas y se lamía una pata mientras Augusto pasaba sus largos dedos por entre el pelaje blanco.

—Os ha traído un obsequio —le dijo, señalando hacia una caja de madera en el piso.

Elena observó las dos pequeñas ratas y se volvió hacia los cajones para buscar un cuchillo y una tabla. Aquella era una dinámica cotidiana, Eneas le traía sus presas y ella se las cocinaba agregándole algunas especias. Se sentó a la mesa y comenzó el trabajo sin poder dejar de pensar en cuál sería el motivo por el que el capitán se encontraba allí.

—¿Cómo os va con la práctica? —preguntó Augusto luego de un largo rato de silencio.

—Con la espada de madera puedo hacerlo bien, pero en cuanto agarro la de metal e intento atacar se me cae de las manos, pesa demasiado.

—No os preocupéis, es sólo como un respaldo.

Según el capitán, ella tenía un gran talento con el arco que debía utilizar siempre como primera opción.

—La destreza que tenéis nos será útil, eso si queréis que os incluya en el plan de ataque.

Elena levantó la vista, observándolo con fijeza, estudiando sus rasgos cada vez más segura de que el capitán tenía un plan para ella. Dejó el cuchillo a un lado y movió la cabeza en una señal de asentimiento sin desviar la mirada de los ojos negros que la escrutaban.

**

—Las provisiones no durarán más que unos días —comentó Elena mientras enjuagaba los cuencos de la comida y se los pasaba a Julio para que los guardara.

Los frutos que habían recogido de la isla y lo que les había dado Francisco ya se agotaban.

—Tendremos que pasar por algún puerto para reabastecernos —dijo mirando a Eneas dormir hecho un ovillo sobre uno de los estantes.

—No es necesario mientras contemos con agua dulce —le dijo Julio—, los marineros están acostumbrados a tirar las redes, nos alimentaremos de esa forma lo que quede de la travesía. Hacer puerto conllevaría un riesgo preferible de evitar.

—Nunca he cocinado pescado —dijo ella haciendo una mueca, tampoco le gustaba comerlo. En su infancia se había atragantado con las espinas más de una vez.

—Os enseñaré a limpiarlos y luego sólo los ponéis al fuego —le dijo el cocinero sin percatarse de la reticencia de ella.

Terminaron de acomodar y se dirigieron a descansar. Al bajar, vio a la mitad de los hombres amontonados en el centro de la sala. Supo enseguida que estaban jugando a los dados, lo había probado una vez, pero no había tenido suerte.

—Tiráis los dos dados y seguid tirando cuantas veces lo consideréis, el objetivo es sumar veintiuno o estar lo más próximo sin pasarse —le explicó Teodoro la vez que se dispuso a intentarlo.

Él tenía el récord de victorias. Se acomodaba en el piso, organizaba los turnos y tomaba nota. Por su entusiasmo parecía un niño en su cumpleaños. Ella le calculaba más de cincuenta años, pocas personas llegaban a vivir tanto. Aquel marinero continuaba siendo un misterio, en ocasiones se mostraba serio y distante, y otras, como cuando jugaba a los dados, mostraba una camaradería íntima con todos.

Elena se acostó en su cucheta, quizás tuviera suerte y Wales contara una de sus historias luego. La que más le había gustado era la de la ballena blanca. Las veces que se quedaba por la noche contemplando la inmensidad del mar ese relato volvía a su memoria.

*Se imaginaba en la piel de aquel náufrago que padecía de hambre y sed luego de que una enorme ballena blanca, que intentaron cazar, hiciera un agujero en el casco del barco en que viajaban. Llegaron por azar a una isla deshabitada y rocosa, construyeron unos botes con los restos de la madera e intentaron dirigirse en dirección a las costas habitadas más cercanas. Eran ocho, divididos en dos botes, dejándose arrastrar por las aguas cuando percibieron al enorme animal. Uno de los hombres le pasó una lanza especial, con tres puntas, que había construido en la isla, ya que él estaba más cercano a la criatura. El monstruo marino pasó a su lado y él se quedó contemplando sus heridas, los restos de otras lanzas clavadas en su cuerpo.*

Dentro de su mente, Elena, como aquél náufrago, miraba a la ballena blanca, penetrando en sus ojos, con la ballesta de tres puntas en la mano en alto, con sus compañeros en la otra barca gritándole que la mate, antes de decidir que el animal sólo intentaba sobrevivir y proteger a los suyos.

**

Augusto se despertó pasada la medianoche. El reflejo de la luna llena se colaba por el ojo de buey de su camarote. Ya habiendo deducido dónde podrían encontrar al Tagurvias, había algo más que lo desvelaba ¿era correcto dejar que Elena participara de la batalla? Si perdían, algo que nunca se permitía considerar, pero que en esta ocasión no podía evitar sopesar, el destino de Elena sería mucho peor que la muerte. Volvería al infierno del que habían logrado rescatarla hacía menos de un año.

Se rascó la frente ¿era consciente ella del riesgo al que se había expuesto al sumarse a la tripulación? ¿Qué opinaría Sofía? Seguro su esposa se hubiera sumado a la travesía sin dudarlo si permaneciera con vida. Habría dicho "es mejor arriesgar la vida, incluso perderla, por una causa noble, que transitarla inerte", esas palabras habían salido de sus labios más de una vez.

## ~~ 15 ~~

Elena despertó al sentir el calor de media mañana sobre el rostro. Se había quedado dormida en la mesa de la cocina. El día anterior, ante la falta de provisiones, los marineros habían tirado las redes. Ella no había tenido otra alternativa que dejar que Julio le enseñara a descamar y limpiar la pesca. No le resultó agradable. Tampoco quedó conforme con el sabor y pasó la noche experimentando con diferentes especias y modos de cocción.

Los rayos de luz que se filtraban por la ventana circular iluminaban la cocina, haciendo visibles las motas de polvo que danzaban en el aire. Elena permaneció contemplando aquellos pintos que bailaban, como si aún durmiera. No escuchaba los ruidos típicos de cubierta y le llamó la atención no ver a Julio allí. Se refregó la cara con agua, se desató la trenza y volvió a tejerla con prolijidad. No sentía el movimiento del barco, parecía como si estuviera anclado. Subió a cubierta y vio que las velas no estaban desplegadas a pesar del viento favorable. Los marineros no ocupaban sus puestos y sólo divisó a dos hombres en el carajo.

Al mando de la nave tampoco había nadie, los hilos dorados sobre la madera del timón destellaban al sol. Subió las escaleras pensando en la posibilidad de estar soñando, se apoyó en la barandilla y contempló el esplendor del barco: la superficie lisa y los detalles de tallado en algunos recovecos que no podía ver desde esa distancia pero que sabía que estaban, tenía la convicción de que conocía cada detalle de la embarcación a la perfección. Posó sus manos sobre el timón de nogal y se dejó llevar por una sensación interna de fuerza y resistencia.

—No se toma de esa manera —Ismael estaba a su espalda, sentado sobre la baranda de estribor del barco—, debéis sostenerlo con los puños cerrados.

Observó el timón, las grietas doradas eran irregulares, como si el oro se hubiera utilizado para pegar los fragmentos rotos. Le pareció que ahora ese elemento era indestructible, que aquel agregado aumentaba su resistencia. Luego se giró para mirar a Ismael. Vestía de blanco, en contraste con los brazos y el rostro bronceados, además de tener la barba sin rasurar, algo poco común en él. Sus pies descalzos completaban la armonía.

—Debo volver a la cocina —dijo casi en un susurro, atrapada en un deseo que le costaba controlar había avanzado hasta estar a sólo unos centímetros de él.

—Nadie va a comer hoy —una afirmación certera sin ser autoritaria—, aunque nadie os prohibirá que vos lo hagáis.

Elena no entendía el motivo, aunque notaba que para él aquello era una obviedad. La sensación de estar desorientada le sirvió para dejar su ensoñación de lado, volvía a irritarle no comprender.

—¿Por qué?

Ismael abrió grande los ojos y sus facciones se ensombrecieron. Ella temió que se negara a darle una respuesta, como había ocurrido con anterioridad.

—Es el Día del Silencio, se conmemora a los fallecidos en altamar.

Elena volvió a observar la superficie del barco. Algunos marineros habían subido ya. La quietud y el silencio respetuoso de los hombres lo envolvía todo. Contemplaban el horizonte apoyados en los laterales o se acomodaban sobre las tablas de madera. Ella se sentó delante de Ismael, dándole la espalda y apoyó los pies en la baranda, con las piernas dobladas, las rodillas a la altura de los brazos. Él colocó las piernas en la misma posición para que ella pudiera recostarse usándolo de respaldo.

Allí permanecieron los dos, en el límite entre el barco y el mar.

**

Elena recordó el entierro de Aurora, la sensación del ambiente le parecía similar, la tristeza y la añoranza le recorrían el cuerpo como en aquella ocasión. El de ella no era el único corazón en el que se hacían presentes esas sensaciones. El velorio trascurría lento, el mar estaba calmo y los marineros apenas intercambiaban palabras. La superficie azul se iba haciendo más oscura a medida que el sol descendía. Elena se mantenía en silencio. No había podido despedirse de Madelein ni de Glhen y suponía que sus cuerpos yacerían en el fondo del mar. Aquella sería su forma de mostrarles su respeto y agradecimiento.

Pensó en aquel cementerio marítimo sobre el cual flotaban, viendo en su mente la oscuridad del fondo del océano. Unos cadáveres putrefactos con los huesos a la vista. No quería imaginar sus rostros de esa manera, similares a los restos que había en el foso de la isla.

Se abrazó el cuerpo. Ni siquiera conservaba ya la cruz de plata que tanto la había ayudado a consolarse en sus años de prisionera. La quietud era tal que la tristeza se presentaba continua y sin tiempo, no le permitía siquiera el alivio de las lágrimas.

Ismael puso sus piernas a los lados provocando que ella se inclinara hacia atrás hasta recostarse contra su pecho. Elena no dijo nada, permaneció mirando el horizonte, contemplando la franja anaranjada lindante con las aguas. Él apoyó los labios sobre uno de sus hombros. Ella bajó la vista a las manos sobre su propio regazo. Vio primero y sintió después el peso de la cadena de bronce que él colocó sobre sus manos; los dos peces enfrentados, quizás las preguntas y las respuestas confluían todas allí, en aquella pieza de joyería.

**

Sentado sobre la baranda del barco, con Elena recostada sobre su pecho y el silencio inusual desligándolo por unas horas de la responsabilidad del trabajo, Ismael sentía que podía relajarse. El día se prestaba para confesiones, la tranquilidad del mar parecía mitigar la culpa. Vio bajo la superficie, a lo lejos, dos siluetas de diferentes tamaños y se le antojó, sin fundamento alguno, que se trataría de una ballena con su cría.

—A mi madre la secuestraron los piratas cuando yo era un niño —comenzó diciendo luego de varias horas de silencio—. Era invierno, la chimenea de mi habitación estaba encendida. Me había levantado a mitad de la noche y jugaba en el piso con unos barcos de madera que me habían regalado el día anterior por mi cumpleaños. Me sentía grande e importante por haber cumplido cinco. —Hizo una pausa y volvió a besar el hombro de Elena.

La sujetaba por la cintura como si temiera que se fuera a caer. Ella acariciaba la cadena de bronce, mientras él intentaba descifrar como había sido su infancia, sin animarse a preguntar.

—Los barcos eran perfectos —continuó—, tenían todos los detalles de uno real, los deslizaba por el piso como si navegaran por el mar. Estaba absorto en mi propio mundo, hasta que comencé a escuchar ruidos, estruendos y gritos. Me escondí bajo la cama tapándome los oídos, tenía miedo y no podía evitar llorar.

Elena tomó la mano que él tenía apoyada en su cintura entrelazando sus dedos.

—Me desperté por la luz que comenzaba a entrar por la ventana, con temor me acerqué a la puerta y bajé las escaleras. Los muebles estaban tirados en el piso junto con fragmentos de jarrones y otros objetos decorativos rotos. —Ismael se mordió el labio, lo que estaba por decir pertenencia a la intimidad de alguien más, pero las palabras ya se agolpaban tras sus labios—. Vi a mi padre tirado en el piso, tenía los ojos cerrados y con una mano se apretaba el vientre. Vi la sangre sobre su ropa y me asusté. Me agache a su lado y él abrió los ojos. "Lo lamento, no pude protegerla", me dijo besando mi mano. Yo veía las lágrimas sobre su rostro.

Por más que lo disimulara era inevitable que Elena se diera cuenta de que el tono de voz firme e indiferente que él se esforzaba por emplear, era sólo un escudo para aquel recuerdo tan doloroso. Ella permaneció callada, mirando el horizonte. Ya no quedaban rastros del sol y una leve llovizna comenzaba a mojar sus ropas.

—Dos años después un pesquero la rescato de un barco a la deriva. Tenía la piel reseca pegada a los huesos. Le costaba hablar, apenas si pude despedirme, sólo se esforzó por decirnos que os había grabado esa imagen para que os buscáramos.

Ismael quería continuar hablando, pero no era capaz. Quería explicarle que también habían encontrado el cadáver de un bebé, ya irreconocible. Quería jurarle que tanto su padre como él la habrían buscado hasta la muerte si hubieran sabido que estaba viva.

**

—Te habéis quedado dormida —le dijo Ismael cuando ella abrió los ojos.

Aún estaban sentados en la baranda a estribor en el puente de mando. La leve llovizna había remitido. Ya era noche cerrada, Elena se incorporó y se quedó mirando a su compañero.

—Hacía tiempo que no descansaba tan a gusto —dijo casi para sí misma.

—¿No os agrada dormir abajo?

Ella lo miró mientras él le colocaba los mechones de pelo sueltos tras la oreja.

—Siempre hay alguien que se despierta gritando a mitad de la noche, pero no puedo quejarme, yo no soy la excepción.

—Sí, lo comprendo, dormí abajo varios años.

Elena se lo quedó mirando extrañada, no por lo que le decía, sino por estar manteniendo una conversación en buenos términos.

—Quizás debería quedarme en cubierta una de estas noches.

Sabía que cada tanto algunos marineros tomaban sus mantas y dormían sobre los tablones de madera a la intemperie. Los había visto acurrucados en los laterales del barco las veces que subía a contemplar las estrellas cuando aún no había amanecido.

—Podéis quedaros en mi camarote si queréis. Tengo una hamaca guardada en el ropero y hay ganchos en el techo... podréis descansar —le susurro aun sujetándola por la cintura.

Ella aceptó y caminó siguiéndolo por el barco. Se quedó petrificada cuando Augusto y Teodoro los miraron desde el interior del camarote del capitán, que en ese momento tenía la puerta abierta. Ismael la tomó del brazo y la hizo continuar caminando. Una vez resguardados tras las puertas cerradas, Elena se quedó parada junto a una de las paredes observando a Ismael. Él colgó la hamaca del techo, se quitó las botas y se acostó sobre su catre sin apartar las sábanas. Elena lo había seguido con la mirada mientras que él se desplazaba por el camarote. Pensó en Bahuel, en las noches acurrucada junto a su pecho y en el vacío que había dejado en ella al marcharse.

Notaba como Ismael la observaba mientras ella ataba en uno de los extremos de la hamaca el círculo con la telaraña tejida que había hecho con la ayuda de Wales, siempre lo llevaba en el bolsillo. Se había soltado el pelo y tarareaba una canción de cuna. Apagó la lámpara de aceite y se recostó repitiendo la melodía hasta quedarse dormida.

"Alta en el cielo resplandece la luna
vagan en la noche sombras vanas;
en el silencio, ladran los perros,
brillan las mil y una estrellas,
resplandece la luna."

**

Ismael estaba tumbado en su catre boca arriba con los ojos abiertos en la oscuridad, escuchando la nana que Elena recitaba en un cántico similar a una plegaria. Pero al cerrar los párpados un recuerdo se le presentó de golpe.

*Con el pelo revuelto y sus mejillas rosadas, lloraba abrazando al cuerpo desprovisto de vida de su madre. Enlazó su pequeña mano a la de ella y recostó la cabeza sobre su pecho con la esperanza infantil de escuchar los latidos. La enfermera le colocó una manta sobre la espalda. Le hablaba intentando disuadirlo de permanecer allí.*

*—Dejadlo —escuchó decir a su padre y sintió las pisadas de la mujer saliendo de la habitación.*

*Se quedó inmóvil, atento a los sonidos. Su padre arrastró una silla hasta los pies de la cama, arrojó sus armas al suelo y se sentó con un chillido de la madera.*

*Ismael, con la contextura pequeña de sus siete años, se incorporó quedando arrodillado en el piso sin soltar la mano fría de su madre. Miró sus labios que se habían puesto morados y luego dirigió la vista a su padre.*

*El general Himcalde se había desabrochado la chaqueta del uniforme y estaba sentado inclinado hacia delante con los codos en las rodillas. Su hijo sintió miedo ante aquel aspecto desprolijo, tan impropio de Augusto. Su mirada estaba fija en el cuerpo que yacía sobre la cama. El pequeño niño en la habitación escondió su rostro entre las sábanas y las lágrimas se derramaron por sus mejillas hasta que se quedo dormido.*

## ~~ 16 ~~

Elena miraba a esa extraña criatura hervir dentro de la olla. Cuando subieron la red esa mañana tres cabezas horripilantes con un montón de brazos aparecieron. Calamares, le habían dicho que se llamaban. Su primera idea fue negarse a tocarlos, pero seis de los hombres mostraron gran entusiasmo, entre ellos Ismael.

—Si lo arruináis os arrojaré al mar —le dijo uno a Julio.

El cocinero no se inquietó, sabía que hacer con lo que aparecía en las redes. Ella había cedido en ayudarlo, pero aquel día no almorzaría.

—Elena, el capitán pide que vayáis a verlo —le dijo Teodoro entrando a la cocina, con un tono de voz suave, inusual en él.

Ella creyó, por un instante, que lo había imaginado. El marinero se sentó a la mesa junto a Julio mientras este quitaba las escamas de la pesca. Ambos comenzaron a conversar sobre las especies de peces que podrían encontrar al tirar las redes. Ella seguía parada junto a la olla, observándolos, pero los hombres no la notaban.

Elena salió de la cocina con Eneas caminando a su lado y lo vio escabullirse por un recoveco del barco. Cuando subió a cubierta notó que los marineros, ocupados con la limpieza y los aparejos, la observaban. Continuó atravesando la nave con una inquietud creciente en su interior. Antes de bajar las escaleras hacia el camarote del capitán levantó su rostro hacia el timón y cruzó la mirada con Ismael. Aún no borraba de su mente la imagen de un niño pequeño acurrucado y llorando bajo la cama mientras su vida cambiaba para siempre.

—Cuidado —le dijo Fernando sosteniéndola del brazo cuando tropezó al olvidar la existencia del último escalón.

Ella se lo quedó mirando un momento. Era un hombre de gran tamaño, que al hablar utilizaba un acento extraño al que no terminaba de acostumbrarse, y tenía un lazo de mujer atado en la muñeca. ¿Cómo había llegado a ser parte de la tripulación? Llevaba tiempo preguntándoselo.

Elena se regañó a sí misma por no controlar sus divagaciones. Suspiró y se aproximó a la puerta tallada con un timón en el centro.

—Permiso, capitán —dijo empujando despacio la puerta y cerrándola tras de sí.

Augusto estaba sentado tras su escritorio, sólo había sobre él un mapa y una libreta de notas abierta con un tintero al lado.

—Sentaos, por favor.

Ella obedeció sin animarse a hablar, el capitán Himcalde tenía la vista en las anotaciones y leía siguiendo cada línea con el dedo índice.

—No pasará mucho hasta que demos con el Tagurvias —dijo él, levantando el rostro hacia ella, dando la impresión de sopesar cada palabra y evaluar su reacción—. A pesar de sus características atípicas, éste sigue siendo un navío de guerra.

Elena se esforzó por comprender, ¿le estaba preguntando si estaba dispuesta a matar? El silencio inundó el camarote, mientras las imágenes de la muerte de Madelein y sus dos años como prisionera desfilaban por su mente.

—Tomaré el puesto que usted me ordene, capitán.

Aún no había adquirido habilidad con la espada, pero usaría el arco y la daga, tendría que ser suficiente.

—He estado pensando en la destreza que tenéis con el arco. —Ella se sorprendió—. ¿Consideráis poder disparar de un barco al otro? —Augusto mantenía la mirada fija en ella.

—Sí, capitán, puedo hacerlo —respondió, aunque comenzó a sentir la presión de la tarea.

El hombre ante ella bajó la vista y revisó sus anotaciones, parecía aún estar terminando de decidirse.

—Permaneceréis en este barco respaldando a quien lo necesite, pero tu principal objetivo será el capitán del Tagurvias. —Su tono de voz era resolutivo, sus ojos negros la miraban con fijeza.

Elena escuchó las palabras hacerse eco dentro de su mente: "Tu objetivo será el capitán del Tagurvias..." ¿Cómo era posible que le encomendaran semejante tarea? No encontraba sensatez en aquello. ¿No debía ser Augusto quien se enfrentara a su equivalente en rango? ¿No era esa la tarea que definía la victoria o la derrota de la batalla? El peso de la responsabilidad caía sobre ella como una gran roca balanceándose en un peñasco.

—A ti os resultará más fácil que a cualquiera de nosotros —agregó Augusto antes de pedirle que se retirara.

**

Elena se marchó y Augusto se quedó rememorando el pasado.

*Caminaba sobre tierra seca. Ese día su hijo Ismael cumplía ocho años, pero él no estaba a su lado. Se había hecho a la mar con una convicción tan fuerte como la más brava de las tempestades.*

*Habían pasado nueve meses de la muerte de su esposa y durante ese tiempo se había dedicado a tramar un plan. Unas cuantas personas le debían favores, incluida una mujer hermosa que acababa de casarse con el príncipe. Ellos lo ayudarían con el respaldo que necesitaba, luego sólo le faltarían tres cosas más: un rastreador, un barco y hombres que, sin importar su formación, tuvieran la misma necesidad de aplacar la culpa que él.*

*Temprano esa mañana, había llamado a la puerta de la casa del hombre que buscaba, la persona idónea para encargarse de la tarea de rastrear los barcos piratas. No encontró a nadie en la propiedad, aunque luego de vagar por el sendero durante tres horas se cruzó con una carroza cuyo cochero supo indicarle donde podría encontrar a Francisco Combre.*

*El calor apremiante le estaba haciendo sudar, pero no se detuvo, divisó la verja blanca y se dirigió hacia allí a través del pasto que por momentos le llegaba a las rodillas. Vio a una muchacha arrojando unos granos de maíz a las gallinas.*

*—Buenos días —saludó—, busco a Francisco Combre, me dijeron que lo encontraría acá.*

*La mujer se acercó y lo invitó a entrar.*

*—¿Es usted amigo del señor Combre? —le preguntó la joven mientras se dirigían a la construcción de piedra.*

*—No lo he conocido en persona, pero me han llegado relatos de su infortunio y proeza.*

*—¡Oh! —exclamó la muchacha y pareció sopesar la información antes de continuar hablando—. Mi madre le conocía de antes de aquello e intenta que pase tiempo aquí con la excusa de que requerimos su ayuda en trabajos de reparación. Para que se mantenga ocupado en lugar de quedarse encerrado en su casa acechado por los recuerdos.*

*—Lo comprendo.*

*Augusto entró en la vivienda tras la joven permaneciendo de pie hasta que ella lo invitó a sentarse a la mesa.*

*—Decidme, señor, si no le conocéis ¿Cuál es el motivo de vuestra visita?*

*—El propósito que me ha traído hasta…*

*—Debo advertiros —lo interrumpió ella mientras colocaba sobre la mesa una taza de té frío con galletas y mermelada— que si ha venido sólo por conocer los sórdidos detalles de esa historia, me veo inclinada a pedirle que os marchéis.*

*Augusto dirigió la vista hacia su anfitriona. Era una mujer corpulenta de mirada severa, estaba inmóvil fren-*

*te a él con los labios apretados esperando la respuesta a su advertencia. Llevaba un vestido verde y su postura denotaba tensión; tenía ambas manos apoyadas sobre el vientre, quizás en la dulce espera.*

*—He atravesado el mar, señorita, para ofrecerle a Francisco Combre un trabajo que, aunque no restituirá su familia, ayudará a aplacar su dolor y contribuirá a salvar vidas.*

*—En ese caso, iré a buscarle —respondió ella luego de un prolongado silencio en el que parecía evaluar si creer en las palabras de su visitante.*

*Una vez que Augusto se encontró sólo en la cocina relajó la postura. Movió su torso hacia los laterales agarrándose al respaldo de la silla para hacer sonar su espalda y se tomó su tiempo para degustar la merienda que le habían ofrecido. Mordió una de las galletas indiferente al aperitivo sin poder distender su mente. Pero los sabores lo sorprendieron, la mermelada tenía el dulzor justo y los pedazos de frutilla se deshacían en su paladar, el té sabía a naranjas y su temperatura fría era ideal para sosegar su cuerpo en aquella estación tan cálida. Lo transportaron a una época anterior y alegre de su vida. Una época que ya nunca recuperaría.*

## ~~ 17 ~~

El mar estuvo revuelto esa última semana. Los fuertes vientos, junto con el oleaje impetuoso, hicieron más trabajosas sus tareas habituales. Por fuerza de colaborar en la urgencia cuando finalmente se desató la tormenta, Elena aprendió a asegurar elementos en el barco, sujetarse con fuerza para no caer al mar, correr dentro del navío esquivando a otros marineros y pasar horas seguidas achicando con los brazos ya entumecidos.

Cuando el clima se apaciguó, los marineros, ella incluida, pudieron distenderse, y el capitán permitió abrir las pocas botellas de ron que les quedaban de reserva. Entre el cansancio y el alcohol, Elena se quedó dormida ni bien recostarse, y por primera vez desde hacía mucho tiempo durmió sin imágenes en su mente.

Al cuarto día luego de la tormenta, Teodoro le asignó que acomodara la despensa. El atardecer la encontró apilando cajas y restableciendo el orden de las pocas provisiones que les quedaban. Escuchó el ronroneo de Eneas y lo buscó con la vista.

—No tengo tiempo, hay mucho que hacer.

El gato la miró inclinando la cabeza hacia un lado y ella rompió a reír.

—De acuerdo —le dijo mientras le rascaba el cuello.

Luego continuó con su tarea, un barril que apenas le llegaba a las rodillas se había volcado derramando sal sobre las tablas del piso. Estaba terminando de envolver los granos blancos en un paño cuando Eneas comenzó a maullar, sentado sobre un cajón frente a la puerta escondida en la pared. Ella recordó que cuando había entrado a ese lugar por primera vez el sitio estaba atestado de cosas. Con la sacudida que sufrió el barco estarían desparramadas, quizás hubiera objetos de cerámica o vidrio rotos que podría clavársele en las patas.

—No podéis entrar, lo ordenaré cuando tenga tiempo.

El gato se puso a lamerse el lomo y Elena se ocupó de quitar del camino otra serie de cajas. Cuando levantó el rostro no vio a Eneas, se aproximó al sitio en el que estaba hacía sólo un momento; la puerta pared estaba abierta. Colocó la mano sobre la madera deslizándola lo suficiente para poder pasar. La sala estaba más desordenada que en su anterior visita, el mueble marrón sobre el que había visto al animal la primera vez, estaba inclinado hacia delante chocando con el escritorio. Todo el lugar era un revoltijo peor que la despensa. Vio las espadas sobre el piso, un jarrón de cerámica partido a la mitad y comenzó a inquietarse.

—¡Eneaaas! ¡Eneas!

Escuchó un ronroneo y su vista enseguida lo detectó en una esquina.

—No os quedaréis aquí.

Se inclinó para tomar al gato entre sus brazos. La tapa de la caja, sobre la que se había posado Eneas, estaba deslizada, dentro se podía distinguir un barco de madera. Elena se agachó y colocó al felino sobre sus piernas, luego centró su atención en el interior del rectángulo frente a sí. Había dos barcos, casi tan grandes como el bulto acurrucado sobre su regazo. Levantó uno de ellos para estudiarlo, la superficie era suave al tacto. Lo acercó a su rostro y sopló sobre él para quitarle las pelusas amontonadas durante años, que se dispersaron por el aire. Lo sostenía con cuidado, consciente de su valor simbólico. El juguete predilecto de un niño que había llorado escondido bajo la cama mientras, sin saberlo, lo apartaban de su madre. Estaba tallado a la perfección, cada detalle se asemejaba a El Cazador, del cual sentía que conocía cada beta. Aquel le parecía un tesoro más valioso que el oro.

Volvió a depositarlo donde lo había encontrado, sobre un colchón de medallas e insignias que no se atrevió a tocar, pero otra cosa llamó su atención. Una diadema que a primera vista le pareció de bronce, pero que al tomarla y sentir su peso recordó la alianza de

Bárbara, la posadera le había dicho que era de oro rojo y que la diferencia se podía reconocer por el peso. El accesorio llevaba a un lado una flor formada de piedras marrones, no eran de las que se encuentran en el camino, sino que brillaban al darles la luz.

Elena acababa de colocarse la diadema y soltarse el pelo cuando escuchó un golpe seco en el casco del barco que retumbo en toda la estructura. Eneas se escapó de su regazo y salió por la puerta pared. Ella tapó la caja de recuerdos y volvió a la despensa con los brazos extendidos, previendo otra sacudida que pudiera hacerla caer y así amortiguar el golpe. Atravesó los corredores en dirección a cubierta.

—¿Qué ha ocurrido? —le preguntó a Fernando al cruzárselo cerca de la escotilla.

—Hemos chocado con algo, pero se desvaneció —le dijo el marinero pasándose sus gruesos dedos por el pelo—. Revisaremos todos los recovecos para asegurarnos que no haya daños, pero grave ya nos hubiéramos percatado.

Estaba parado frente a ella en una postura relajada que le recordó a Ghlen.

—No debéis preocuparos —le dijo apoyando una mano sobre el hombro de Elena y continuó su camino por los corredores.

Ella subió a cubierta con la inscripción "el mar es un cementerio vivo" haciéndose eco en su mente. Esa frase estaba grabada en la hoja de la daga que le habían dado para usar en las prácticas, y para que conservara como arma de defensa.

**

En el puente de mando Augusto Himcalde conversaba con su hijo Ismael sobre la ruta marítima que estaban siguiendo. Comenzaron a descender por la escalera con el propósito de revisar unos mapas que se hallaban en su camarote, pero el capitán se detuvo a mitad de camino y apoyó su mano en la baranda con los músculos de su brazo denotando la tensión de todo el cuerpo. Su vista estaba clavada en la joven que se acercaba en su dirección.

—Capitán —le dijo Elena a modo de saludo.

Estaba parada frente a ellos, con el pelo suelto tras una diadema que refulgía al sol. Un mechón caía por delante de su rostro, enmarcando sus ojos azules. Augusto sentía sus latidos acelerados, su campo de visión se reducía a la mujer parada ante él. El entorno iba cambiando…

*Su esposa Sofía, con quien acaba de casarse, bajaba la escalera de la mansión acariciando la baranda de piedra y él la esperaba al pie. Llevaba un vestido rosa claro fruncido a la cintura, con encaje en el frente y unas mangas traslúcidas cubrían sus hombros.*

*—¿Qué opináis de mi apariencia? —le preguntó temerosa por su primer baile como anfitriona.*

*—No podríais estar más hermosa, Sofía —le respondió y la condujo del brazo hasta el salón.*

"Sofía", retumbaba en la mente del capitán, haciendo eco, como un llamado suplicante. Sólo la voz estridente de su hijo lo sacó de su alucinación.

—¡Esa diadema no os pertenece!

—Lo lamento, la encontré por accidente… tal vez no debí…

—¡No, no debisteis! ¡Quitáosla!

—Dejadla —dijo Augusto de forma autoritaria—. Podéis conservarla —le dijo a ella con voz suave.

El capitán le obsequió a Elena una sonrisa tranquilizadora. Notó como su hijo emitía un gruñido y terminaba de descender las escaleras a grandes zancadas. Él recorrió los últimos escalones sin dejar de observar a la joven que tenía enfrente. Elena se había girado para seguir con la vista a Ismael que se había acercado a los marineros que realizaban sus tareas sobre cubierta.

—Tranquila, se le pasará —dijo Augusto apartándole el mechón de pelo que caía sobre su rostro, pasándole la yema de los dedos desde la frente hasta el mentón.

## ~~ 18 ~~

Ismael estaba en su camarote acostado mirando el techo apenas iluminado por una lámpara de aceite ubicada sobre su escritorio. Cerró los párpados al escuchar pasos tras la puerta y permaneció inmóvil mientras las bisagras chirriaban al abrirse y cerrarse. Entreabrió los ojos para observar a Elena sin que ella se percatara.

La vio, llevando la diadema con cuidado en las manos, dirigirse hacia el ropero. Pensó en el ataque de nervios que sufrió cuando su padre se la quedó mirando como si la reconociera. No sabía cuánto se parecería Elena a Sofía, a su madre. El recuerdo que él poseía era de una mujer moribunda por completo demacrada y la imagen de ella que atesoraba entre las páginas del libro era algo muy distante.

La furia aún le estremecía, pero ¿cuál era el verdadero motivo de su enojo? El silencio lo atormentaba. Elena solía tararear al prepararse para dormir, pero esa noche Ismael sólo percibía el murmullo del viento por el ojo de buey abierto. Sentía el impulso de levantarse, ir hasta ella y besarla. Se sentó y puso los pies en el suelo. Se quedó allí, encorvado hacia delante, sintiendo la textura de la madera en las plantas desnudas.

Besarla. Llevaba mucho tiempo deseando volver a besarla.

**

Augusto permanecía en el puente de mando abstraído en la contemplación del horizonte. El Tagurvias se encontraba a sólo unas millas de ellos, el grupo de inspección lo había confirmado. Pero no atacarían en tierra, los esperarían allí con un ardid que quizás les otorgara ventaja.

La briza de la noche, con pasividad extrema, no le permitía pensar en la batalla inminente. Su mente vagaba por un terreno doloroso impregnado de resentimiento hacia sí mismo. De reojo observaba la cubierta. Los marineros ya habían entrado en su letargo diario, pero ella, Elena, aprovechaba esa ausencia para practicar con el arco.

Habían pasado dos días desde que la vio sobre cubierta llevando la diadema que le había pertenecido a su esposa Sofía. El capitán aún sentía el cuerpo paralizado por el descubrimiento de la identidad de la joven. La culpa lo consumía. El cadáver de un lactante que los pescadores habían encontrado en el mismo barco que su esposa era otro, no era el hijo de Sofía, pero él no se había molestado en indagar más allá de la superficie.

Wales estaba despierto también, ayudando a Elena, ofreciéndole blancos fijos y móviles. El marinero había mostrado una actitud protectora con ella desde que zarparon del puerto y la muchacha parecía sentirse cómoda en su compañía. Las ideas se conectaban en la mente de Augusto como una red. La puntería de Elena era sorprendente; la observaba y se llenaba de orgullo. Agradecía al cielo tenerla frente a él. Debía asegurarse de que no muriera, en esta batalla ni en ninguna otra.

**

Fernando se había despertado a mitad de la noche y atravesado el barco para ir a buscar agua a la cocina. Regresaba a dormir cuando distinguió una luz proveniente de la despensa. Elena estaba allí, sentada con una lámpara de aceite a su lado y las flechas distribuidas en el piso.

Entró sin que ella se percatara, se quitó la chaqueta y se la colocó a la joven sobre los hombros.

—Gracias —dijo ella al levantar el rostro para mirarlo.

Él se agachó a su lado y observó las flechas, la mayoría permanecían en el carcaj, pero había cinco que descansaban sobre los tablones del piso ubicadas en forma vertical una al lado de la otra. Cada una de ellas tenía un accesorio diferente en la parte posterior, plumas de colores que parecían recién haber sido adosadas. Un color por flecha.

—¿Un ritual?

—Supongo —dijo ella sonriéndole, pero con un dejo de tristeza en el rostro—. Quien me enseñó a disparar solía hacerlo antes de salir de caza. Decía que no estaba de más tener una salida en caso de quedar acorralados.

Fernando no podía dejar de observar los ojos de ella, que brillaban con la humanidad de las lágrimas contenidas. Se miró el lazo de mujer atado en su muñeca. Había visto morir a su hermana a manos de los piratas y, aunque no había parecido físico, Elena se la recordaba.

—¿Queréis que os deje sola?

—No, me gustaría tener compañía.

Se sentó en el piso al lado de ella y le acarició el brazo sobre la tela de la camisa.

—No tenéis que hacer nada que no queráis —le dijo.

Elena recostó la cabeza sobre el hombro de Fernando y él la rodeó con los brazos.

—Duele recordar —fueron las palabras de ella.

**

Elena se pasaba el vaso de agua de una mano a otra, sentada a la mesa de la cocina. “Nunca debéis disparar si no estáis segura de dar en el blanco, las oportunidades escasean y deben aprovecharse”. Las palabras de Glhen aparecían una y otra vez en su mente.

Esa mañana, a bordo de El Cazador, el capitán Himcalde dio un discurso, el primero que ella le escuchaba. Dijo que estaban en posición, que en cualquier momento enfrentarían al barco enemigo, y repasó frente a todos cada detalle del plan.

—Todo saldrá bien —le dijo Julio sosteniendo el vaso por el borde para que dejara de empujarlo de un lado a otro sobre la mesa—, llevamos años haciéndolo. Augusto sabe lo que hace.

Elena lo miró, era la primera vez que le escuchaba llamar al capitán por su nombre a secas.

—Es que no entiendo que me lo haya asignado a mí.

—A vos os será más fácil que a cualquiera de nosotros, señorita.

Elena miraba su mano abierta sobre la madera. Presionaba las yemas de los dedos contra la superficie dura.

—Eso fue lo que él dijo.

**

El bote volvió avisando que habían divisado a los piratas en la costa, se alejarían algunas millas y pondrían en marcha el plan. Elena se dirigió a vestirse y estar lista para representar su papel. Julio se quedó unos momentos contemplando el mar por el ojo de buey de la cocina. Volvía a su mente el recuerdo de cuando escuchó por primera vez la historia de Francisco Combre, un hombre que tenía en gran estima, al igual que el resto de los tripulantes.

*Veintiséis años atrás, Julio vivía en una cabaña con su hija, su esposa había fallecido en el parto y por ese entonces llevaba una rutina tranquila como pastor de ovejas. Ese día se había levantado temprano, como era usual, pero al asomarse al exterior de la casa para recoger agua del pozo vio el humo y escuchó los estruendos provenientes del puerto. Se apresuró a volver a entrar y trancar la puerta. Su hija de cinco años, de largos rizos rojos y con un destello en los ojos que había heredado de su madre, estaba parada delante de él con su ropa de cama.*

*—¿Qué ocurre, padre? —dijo la pequeña restregándose la cara.*

*—¡Ve a esconderos en la trampilla!*

*Anna se quedó inmóvil, alarmada por el tono angustiado de él. Julio le besó la frente.*

*—Ve y mantente callada.*

*La niña se marchó por la puerta de la habitación. Él se volvió hacia la entrada y corroboró la barra de madera maciza que había colocado minutos antes. Tomó una lanza de junto a la pared y se propuso hacer guardia. Los estruendos provenientes del exterior cada vez eran más fuertes. Por la ventana se veía el humo ascender a lo lejos.*

*"Mi amada Anabel, que será de nuestra pequeña si...", pensar que pasaría con su hija si él caía en manos de los piratas no era algo que le ayudara a mantenerse calmo, pero le resultaba imposible evitarlo. Las horas pasaban y la espera se volvía agobiante. Cuando el sol comenzó a ponerse, los estallidos habían desaparecido, aunque los gritos aún se oían. Escuchó los golpes de unos nudillos sobre la madera al otro lado de la puerta. Su pulso se incrementó presa del pánico. Quizás...*

*—Julio, soy yo, se han ido, abridme.*

*Tardó unos segundos en reconocer la voz de su cuñado, pero al hacerlo se acercó a la puerta y le quitó la traba, aunque sin soltar la ballesta.*

*Gregorio estaba de pie al otro lado, pero a duras penas se sostenía, se apretaba el hombro izquierdo intentando frenar la sangre que brotaba de allí. Lo ayudó a entrar y volvió a cerrar con prisa.*

*—¿Seguro que se han ido?*

*—Sí, he visto el barco alejarse… lo han destruido todo.*

*—Podéis quedaros aquí cuanto queráis —le dijo intuyendo que la barca pesquera de su cuñado estaría dentro de las cosas que los piratas habían aniquilado.*

*—Gracias. —Gregorio se había sentado en una de las sillas y examinaba la herida emitiendo gemidos de dolor—. ¿Anna? —preguntó sin quitar la vista de su hombro.*

*—Escondida, es mejor que os limpiéis antes de que os vea.*

*Su cuñado asintió y dejó que le sacara la camisa y vertiera encima la poca agua que le quedaba en una botella.*

*—Se os da mejor que a mí —le dijo Gregorio más tarde, mientras Julio cocía la herida y lo vendaba.*

*—Iré a buscar a Anna y os traeré una camisa limpia.*

*Vio que Gregorio asentía y se marchó. Aún sentía un estremecimiento desagradable recorriendo su cuerpo.*

*Caminó consciente de cada paso adentrándose en la habitación, una vez allí se agachó junto a la cama.*

*—Anna, cariño, podéis salir.*

*Una parte del piso de madera se desplazó hacia un costado y las mejillas de su hija, llenas de tierra, asomaron por la abertura. La ayudó a deslizarse fuera del perímetro de la cama y la estrechó en sus brazos.*

*—El tío Gregorio está aquí, se quedará un tiempo con nosotros— le dijo pasándole una mano por el rostro para limpiarla.*

*—¿Se encuentra bien? —le preguntó la niña con timidez.*

*—Se pondrá mejor cuando os vea.*

*Julio sacó una camisa de una cómoda y fue a la cocina con Anna tomada de la mano.*

*—¡Tío! —dijo ella lanzándose a sus brazos.*

*Julio vio la mueca de dolor de su cuñado por la falta de cuidado de su hija, pero ninguno de los dos dijo nada. Le entregó la camisa y se mantuvo ocupado lo que quedaba del día: sacó agua del pozo y preparó la comida, luego acostó a la niña y le dio un beso de buenas noches.*

*—Me vendría bien un trago —le dijo su cuñado cuando volvió a la cocina.*

*Rebuscó en la alacena y encontró una botella de hacía algunos años. Sirvió dos vasos y se sentó frente a*

*Gregorio. Sólo lo veía unas cuantas veces por año, ya no compartían la cercanía que tenían antes de la muerte de su esposa Anabel.*

*—Malditos piratas, ha sido el Tagurvias, otra vez —dijo Gregorio tras vaciar el vaso de un trago—. El rastreador tendría que haberle perforado el cráneo a esa mujer del demonio —expresó con furia.*

**

*Francisco Combre estaba parado a la entrada del muelle, en una costa poco poblada, con su hijo a su lado y el Tagurvias frente a ellos. Llevaba años tras aquel barco pirata, por lo que la gente había decidido apodarlo "el rastreador". Aquello no tenía importancia para él, su búsqueda era una necesidad imperiosa de resarcimiento. Diez años atrás aquellos piratas, al mando de una mujer llamada Teresa, habían entrado en su casa durante su ausencia y secuestrado a su nieto Alfonso que sólo tenía en ese entonces siete años.*

*Teresa, una mujer de tez oscura, cabello negro por los hombros y ojos verdes como témpanos de hielo, estaba parada delante de ellos, haciéndoles una seña a sus matones para que permanecieran inertes.*

*—He escuchado de vosotros, señores.*

*A Francisco el tono de voz con que ella pronunció las palabras le pareció una burla y percibió como habían hecho efecto en su hijo, que ya había desenvainado su espada.*

*—¡Devolvédmelo!*

*La hoja oscilaba a la par de los temblores de la mano que la sostenía. Él observaba la situación en silencio con un mal presagio recorriéndole el cuerpo y un sabor amargo en la boca.*

*—No necesitáis gritar, no hay ninguna prisa.*

*El semblante de esa mujer era una sentencia de muerte ¿se había apropiado de él la imprudencia durante esos diez años de búsqueda? Francisco escuchaba los gritos, insultos y amenazas que profería su hijo, pero ahora tenía la certeza de que todo había sido en vano.*

*La mujer habló con sus hombres en una lengua diferente y poco después un joven de rasgos similares a los de Francisco se colocó a su lado. Ella le acarició el pelo de forma brusca y se quedó mirando a sus visitantes con una sonrisa que dejaba ver sus dientes.*

*—Alfonso estos señores son vuestro padre y vuestro abuelo por sangre.*

*A Francisco se le cortó la respiración ante aquel comentario que le producía una incertidumbre dolorosa.*

*El muchacho dio unos pasos hacia ellos y su padre se apresuró a lanzarse hacia él envolviéndolo con sus brazos, habiendo soltado la espada. Francisco vio a su hijo caer hacia atrás con el rostro distorsionado y la sangre manando de su pecho. Su nieto sostenía frente a él el cuchillo teñido por ocaso de la vida.*

**

Wales se limpió las manos manchadas de pólvora con un trapo y se acomodó la camisa antes de dirigirse hacia el camarote del capitán.

—¿Me mandó llamar, *Tlacati*?

—Entrad. —Augusto estaba sentado tras su escritorio contemplando una imagen en blanco y negro.

Wales cerró la puerta y se acercó. Llevaba ya más de diez años bajo su mando y había aprendido a identificar la preocupación del capitán por el tono de su voz.

—He notado que tenéis una constante vigilancia sobre Elena —le dijo levantando el rostro hacia él.

—Me preocupo por ella, como mi hermana. Deseo protegerla, *Tlacati*.

—Es lo que os pediré que hagáis, pero ella no debe saberlo. —Wales sintió como si las palabras temblaran al ser pronunciadas por los labios de Augusto.

—La mantendré a salvo —dijo.

Ya había pronunciado esas palabras más temprano ese día ante el mismo pedido. Ismael, para su sorpresa, lo había abordado mientras cubría su turno en el carajo, y le había pedido que protegiera a Elena durante la batalla.

**

*Querida Isabel;*

*Os escribo para cumplir mi promesa, quizás esta sea la única carta que pueda escribiros, pero debéis saber que estaré complacida si mi destino es la muerte. No os alarméis querida Isabel, os lo contaré todo y lo entenderéis.*

*Estuve viviendo y trabajando durante un tiempo en la Posada Esmeralda, en la ciudad a la que nos llevaron tras rescatarnos. El trato de su dueña para conmigo fue agradable y le tomé cariño. Ah, pero tú y yo diferimos tanto como si fuéramos opuestas, una vida hogareña nunca podrá complacerme.*

*Fue por esto que cuando El Cazador, el barco que nos rescató, estuvo listo para izar velas y partir a su siguiente misión, decidí formar parte de su tripulación. ¡Oh, amiga!, no os horroricéis al imaginarme nuevamente en altamar rodeada de hombres, confío con plenitud en ellos y no han tenido para conmigo más que buenos gestos.*

*Escribo ahora porque la batalla contra el Tagurvias, uno de los barcos piratas más temidos, es inminente, y participaré de ella.*

*Os imagino en la biblioteca de vuestra casa leyendo sobre el sillón junto a la ventana, tal como me habéis contado que solíais hacer antes. Saberos a salvo y cuidada me genera alegría y tranquilidad. Sé que es imposible olvidar lo que os ocurrió y que debe atormentaros tanto como a mí, pero os daré un consejo que me ha sido dado. "Quizás los recuerdos no se vayan nunca, lo importante es que lo aceptéis como parte de tí, sólo no dejéis que os aprisionen".*

*Os escribo no sólo por mi promesa de hacerlo, sino por una necesidad imperante de agradeceros. Vuestra presencia a mi lado, vuestros brazos sujetándome cuando sólo deseaba mi muerte, en aquel momento de dolor más intenso que he podido sentir. No puedo siquiera ponerlo en palabras, escribir aquello sería un tormento. Pero tú lo sabes, tú estuvisteis allí. Y de todas las mujeres en la celda fuisteis la única que intentó brindarme consuelo.*

*Si sobrevivo a la batalla con los piratas, os escribiré otra carta, pero si muero no será en vano. Os confieso a tí, a nadie más, que las ansias me recorren como una tempestad, que deseo, con una fuerza que me consume, ver a esos hombres morir por la acción de mis flechas.*

*Con un cariño mayor al que puedo expresar, me despido deseando tener la ocasión de volver a veros.*

## ~~ 19 ~~

Ismael estaba frente al timón sujetándolo con fuerza, con la tensión de los músculos cerrando sus dedos como garras alrededor de la madera. Miraba a Elena sin disimular. La idea de exponerla como carnada lo había exasperado al punto de incrustar su puño en la puerta del camarote de Augusto, para evitar hacerlo contra el rostro de su padre.

La veía allí parada junto a la baranda, con Julio tomándola de la cintura, con aquel vestido de franela azul que habían desenterrado de la pos-bodega y que la hacía ver de un modo que no la representaba. Era ridículo que se estuviera abanicando como si fuera una mujer distinguida de alta sociedad cuando en poco tiempo tendría que matar. Esa imagen, de ella como guerrera, le agradaba más. Le hacía desear sujetarla contra su cuerpo y respirar su aroma. Pensó en el vestido rojo que había usado en la posada de Bárbara y se prometió que no dejaría que nadie más que él la viera con aquel trapo puesto.

**

La mente de Elena no le permitía formular ideas con claridad, aunque se encontraba más calmada ahora que había llegado el momento de la batalla. Pensaba en Isabel, en la carta que le había escrito, en aquel día en la celda que su amiga había estado a su lado, abrazándola en silencio, mientras Elena apretaba contra su pecho el cuerpo sin vida de su hijo recién nacido.

Si moría allí no tendría respuesta a su carta, no sabría cómo se encontraba Isabel, si había sido bienvenida de regreso o si necesitaba de su ayuda, por eso, aferrándose a ese pensamiento se dijo a sí misma que ese día no moriría.

—Se acercan —dijo Julio, parado a su lado con un traje gris con la cadena de un reloj de oro colgando del bolsillo de la chaqueta.

Cuando el cocinero se lo indicó salió a la carrera tras él. Correr con esa ropa fue un desafío, bajar por la escotilla era hacerlo a ciegas, pero no se permitió perder tiempo. Cruzó el marco de la puerta de la cocina pocos minutos después que su compañero. Apenas le echó una mirada mientras él se desabrochaba el chaleco y se concentró en quitarse el pesado atuendo. Le temblaban las manos, aquellos minutos previos eran agobiantes. Pero una vez que tuvo la daga asegurada en su cintura y el arco y el carcaj a la espalda, se sintió segura. Era hora de vengar la muerte de Glhen y Madelein, de devolver los dos años de tortura que había padecido, pensó.

El barco se deslizaba por las aguas aparentando intentar escapar de los piratas. Elena esperaba bajo la escotilla junto con Wales. Debían confiar en que los abordarían sin disparar los cañones. Aguardó a escuchar los tres pitidos del silbato y salió corriendo hacia la barandilla desde donde podía trepar las jarcias firmes a la vela mayor a buen resguardo. Wales estaba detrás de ella, colgando de las cuerdas, repeliendo las estocadas de los piratas que se les aproximaban. Su compañero era certero en cada embiste.

**

El capitán Augusto Himcalde ya había conseguido abordar el barco pirata junto con Ismael. Con la espada en la derecha y una vizcaína en la izquierda hacía brotar la sangre del cuerpo de los que se le interponían.

No se dirigía a ningún sitio en particular, sólo buscaba ganar terreno para sus hombres y que la batalla afectara lo menos posible su propia embarcación. Su hijo se había perdido de vista y resistió la tentación de buscarlo con la mirada, aquello ya lo había dejado fuera de combate en una ocasión anterior.

Mientras peleaba, vio caer las velas y arremetió con fuerza renovada contra el pirata que tenía frente a él. Las jarcias habían sido cortadas y él no podía más que enorgullecerse por el trabajo bien hecho, incluso en medio de la contienda. Pero pronto debió centrarse sólo en su persona al ser sitiado por media docena de hombres con sus espadas apuntándole. No había llegado a decidir por qué flanco atacar primero cuando una flecha pasó a centímetros de su rostro y se incrustó en el ojo de uno de los piratas que lo rodeaban. Se hizo a un lado centrándose en los tres hombres que lo atacaban por el flanco izquierdo mientras los otros caían por las flechas.

Los seis que lo habían sitiado estaban muertos y Augusto se permitió tomarse un momento para contemplar aquel primero en caer, tendido en el suelo con la cuenca del ojo bañada en sangre. Una sonrisa se le dibujó en el rostro y agradeció a Dios, del que tanto se había enojado en el pasado, por poder tener a Elena cerca.

**

Elena buscaba su objetivo con la vista, mientras lanzaba flechas desde el carajo de El Cazador intentando proteger a sus camaradas, temerosa de que su puntería fallaría si el vendaval seguía incrementándose. A la distancia nubes negras se distinguían en el horizonte. El mar estaba picado y sacudía ambas embarcaciones con fuerza.

Vio que Wales colgaba de las jarcias firmes, sosteniéndose con un sólo brazo mientras que el otro caía inerte, goteando sangre, al lado de su cuerpo. Apoyó el carcaj en el carajo y se inclinó hacia abajo por el lateral. Preparó su arco al tiempo que una daga rozaba el vientre de su compañero. Ajustó la vista y disparó, una de sus flechas se clavó en el hombro del atacante. La imagen del cuerpo cayendo y golpeando contra cubierta le produjo regocijo. Se acercó a Wales y le ayudó a descender. Su compañero improvisó una venda con un trozo de manga de su camisa. Apenas había terminado de atarse el nudo cuando tomó la espada tirada en el piso y atacó a un pirata que se acercaba corriendo a ellos. La sangre manchó la ropa de Elena mientras ella contemplaba el rostro rabioso del pirata que había intentado matarlos. Sin soltar el arco, desenganchó de su cintura la daga que le había sido dada.

La hoja resplandeció frente a ella y volvió a leer la frase allí grabada: “El mar es un cementerio vivo”.

El sonido del metal chocando y desgarrando la carne, los aullidos de guerra y tormento, la llevaron a las anteriores batallas que había vivido: su secuestro y su rescate. Wales la cubrió ante otro embiste y ella contempló como un brazo humano rodaba por cubierta. El mar revuelto salpicaba la cubierta del barco y el agua se deslizaba por los tablones de madera. Elena sostuvo la daga con los músculos de la mano en tensión y se mentalizó para incrustársela al primer pirata que tuviera cerca.

**

—¿No tenéis un objetivo? —le dijo Wales viéndola que se preparaba para pelear.

—Aún no lo he visto.

Wales tuvo que tirarla contra el suelo para esquivar el disparo de un revolver largo en manos de un pirata.

—Vayamos al puente de mando —dijo empujándola delante de él y repeliendo con su espada a los enemigos que se abalanzaban sobre ellos.

No la quería a disposición de la batalla. Había hecho la promesa de protegerla y por la memoria de su hermana que no fallaría, se dijo.

**

Llegaron junto al timón. Julio y otros marineros, que habían avanzado tras ellos, blandían la espada con determinación contra los piratas. Éstos subían por la escalera a la carrera con sus armas en alto. Wales se dirigió a ayudar a sus camaradas apartándose de Elena.

Ella recorrió el barco con la vista. No le quedaban muchas flechas, debía asegurarse de cumplir con la tarea encomendada: Matar al capitán del Tagurvias. Se aproximó a la barandilla frente al timón y escrutó la superficie de cubierta. Buscaba un pirata de treinta y seis años, rubio. Si su víctima era tan vanidosa como había escuchado tendría una oportunidad de abordarlo. Wales, que se había autoimpuesto ser su protector, seguro reprobaría que se arriesgara. “No merezco ser parte de esta tripulación si requiero que alguien más vele por mí”, se dijo.

**

Alfonso había abordado El Cazador pensando encontrar allí al capitán Himcalde. Se puso furioso cuando se percató de que Augusto estaba en la cubierta del Tagurvias y que habían cortado las jarcias firmes de su barco.

Se hubiera marchado a su propia nave a enfrentar a su enemigo si no fuera por la inquietud que le producían las flechas que veía volar e incrustarse en sus hombres. Era algo inusual en altamar, se requería mucha destreza.

Llevaba años esperando que el general Himcalde se decidiera a atacarlo. No le importaba en lo más mínimo el capitán, su interés estaba puesto en aquel hombre en tierra a buen resguardo por el ejército del Rey: Francisco Combre, su abuelo por sangre. Ahora se le presentaba la oportunidad de tomar posesión de El Cazador, ese barco que atemorizaba a la comunidad de piratas y ganarse con ello mayores privilegios de los que ya gozaba. Aun así, sus pensamientos estaban enfocados en el rostro de Francisco que recordaba de su infancia, de cuando intentó "rescatarlo". Ni bien formularse esa palabra en su mente, rió sin reparos. Extrañaba la ironía y el humor ácido de Teresa. A ella, la verdadera capitana del Tagurvias, era a quien le dedicaría aquella victoria.

Caminaba por cubierta, asestando su espada en alguno de los marineros de El Cazador para hacer notar su presencia, pero nadie lo atacaba directamente. Eran todos unos cobardes. Cuando quitó su espada del pecho de uno de sus enemigos tirado en el piso, dirigió la mirada al puente de mando y vio a una mujer sosteniendo el arco. Una mujer, no era posible, pensó. Su inquietud y curiosidad se potenciaron. Una mujer peleando en medio de una batalla en altamar, nunca había visto a una, más que a Teresa.

Ni por un minuto se había creído la treta del matrimonio de alta sociedad a la vista simulando estar en un barco de pasajeros, pero supuso que eran dos hombres, uno de ellos disfrazado. No había disparado los cañones porque ese no era su estilo, lo hacía sólo cuando el botín no le interesaba.

Sabía todo sobre El Cazador, era mediocre para él. Incluso sabía del gato blanco que llevaban a bordo. Pero sus fuentes jamás le habían hablado de una mujer como parte de la tripulación.

Clavó la vista en ella, en el puente de mando, y se dirigió hacia allí. Estaba vestida con ropa de hombre y tenía el pelo atado en una trenza. Un esclavo le hacía de escudo ante los piratas que se le aproximaban. Ella llevaba el arco colgado en la espalda y sostenía una daga frente a sí. Observaba la cubierta del barco, como buscándolo. Sus miradas se encontraron. Los ojos azules de ella parecían haberlo reconocido. No parecía angustiada, más bien Alfonso diría que estaba expectante. Algunos mechones se le habían soltado de la trenza. Eso y las manchas de sangre sobre la camisa le daban un aspecto desprolijo que lo cautivaba. ¿La hubiera aprobado Teresa, si aún viviera? Volvió a reír de forma estridente. Teresa la machacaría sin piedad hasta que demostrara ser digna de su protegido.

La vio subirse a la baranda del puente de mando y saltar hacia cubierta. Y caer justo a su lado. Ella se puso de pie con la misma agilidad que al precipitarse hacia allí. Alfonso estaba fascinado e intrigado como nunca antes.

—Buenos días —le dijo.

—Nunca son buenos a bordo de este barco.

—¿Acaso os han obligado a embarcar? —dijo a su oído apoyando las manos en su cintura. Le quitó la daga y la arrojó al suelo.

—El precio de la libertad —dijo ella sin mirarlo a los ojos.

—No me sorprende que El Cazador funcione por coacción, el entrañable Capitán Augusto Himcalde no es lo que se dice de él ¿verdad?

—No he escuchado que se diga que le gusta azotar a sus amantes —dijo, girando el rostro hacia él.

Alfonso rió y la atrajo hacia sí para lamerle la oreja.

—¡Elenaaaaaa! —escuchó gritar al esclavo desde el puente de mando.

—Yo puedo ofreceros un acuerdo mejor —le susurró al oído.

Ella se volteó, pasó la mano por el escote abierto de su camisa y lo besó mordiéndole el labio.

—Estoy segura que sí.

Alfonso tomó distancia apenas lo necesario para contemplarla. Una idea comenzaba a rondarle por la cabeza, un triunfo del que podría jactarse y exhibirla como trofeo luego. Sacó su revólver de la agarradera en su cadera y aproximándose a ella una vez más, le acarició el rostro con el arma, deslizándola hacia abajo por su cuello, pecho y cintura. Los ojos azules de ella lo miraban imperturbables.

—Supongo que no tendréis problema en darme una demostración de vuestras habilidades con el arco ¿no?

Se dirigió hasta la barandilla de babor desde donde se podía ver la lucha sobre la superficie del Tagurvias, haciéndole una seña para que lo siguiera. Ambos se movían ajenos a los enfrentamientos a su alrededor. Y eran ignorados a su vez.

—Demostradme que valéis la pena —le dijo señalando hacia Augusto —matad al capitán Himcalde…

**

Elena estaba parada junto a la barandilla con vistas al barco pirata, con el capitán del Tagurvias rodeándole la cintura con el brazo.

—Matad al capitán Himcalde y tendréis todo lo que podríais desear —le dijo a su oído.

Ella se pasó los dedos por el pelo en un gesto de seducción y le sonrió al pirata mordiéndose el labio. Podía sentir la excitación del hombre junto a su cuerpo.

—Necesitaré espacio —dijo colocando su arco en posición.

Elena no apartó la vista del capitán del Tagurvias mientras este se movía unos pasos hacia atrás. Se concentró. Tomó una de las flechas, que tenía unas plumas azules en la punta posterior, y la enganchó a la cuerda. El pirata estaba a su espalda cruzado de brazos, ella volvió a mirarlo por un segundo y dirigió la vista al frente. Calculó la distancia. Tensó la cuerda. Sólo tendría una oportunidad.

Soltó la flecha. Se giró y abalanzó contra su enemigo. Tomó otra flecha con el puño cerrado mientras se arrojaba contra el hombre. Recordó las enseñanzas de Glhen al cazar. Se la clavó en el cuello. El capitán pirata tenía el rostro contrariado. Con una mueca de desprecio intentó asirla. El tiempo parecía no transcurrir y los sonidos haberse vuelto lejanos. Ella tuvo sólo aquel instante eterno de contemplación. La muerte parecía acecharla.

Retrocedió, arrojó el arco y el carcaj a un lado, y saltó por la borda de manera instintiva.

Se mantuvo a flote. Estaba en medio de las dos naves, que se sacudían por la fuerza del oleaje. Veía algunos piratas caer muertos cerca de ella. Centró su mirada en El Cazador, tenía que volver a subir. Intentó en vano avanzar a través del agua hasta donde estaba la escalerilla de cuerda. El frío la hacía temblar y comenzaba a sentir que las extremidades se le agarrotaban.

**

Augusto siguió con la vista al pirata que acababa de arrojar por la borda al quitarle la espada del pecho empujándolo con una patada. El cuerpo se zambulló en el agua inexpresivo ante el nuevo contexto.

—¡Capitán! ¡Lo logró, está muerto!

El grito de uno de sus hombres no le dio la seguridad que solía producirle la confirmación de la muerte del capitán pirata en las batallas. Su vista estaba fija en los ojos azules que asomaban en el mar revuelto. Elena intentaba mantenerse a flote y aproximarse a la embarcación con dificultad. Augusto estuvo próximo a lanzarse en su rescate cuando divisó a Wales bajando por la escalerilla de cuerda y tirarse al mar sujetando una soga. El capitán Himcalde se dijo a sí mismo que debía confiar en la tarea que había delegado y cumplir su papel, pero no podía evitar temer por la vida de Elena.

La vio sumergirse y se encaramó más a la baranda dispuesto a saltar. Fue embestido. Cayó sobre los tablones de cubierta con un cuerpo ejerciendo peso sobre su pecho. El pirata le aferraba los brazos. Augusto sintió el dolor punzante de unos dientes perforándole la oreja. Su enemigo levantó el rostro frente a él y escupió a un lado un pedazo de carne que había conseguido arrancarle.

El pirata miraba a Augusto con el labio torcido hacia un lado y la sangre manchándole el mentón. Sentado sobre su diafragma le dificultaba respirar. El capitán Himcalde daba bocanadas e intentaba desembarazarse de su enemigo con movimientos bruscos. Pero no lo conseguía. El pirata pisó con su bota derecha el brazo de Augusto y con su mano libre sacó un puñal de la cadera.

Con el filo de plata a centímetros de su rostro el capitán se consoló con creer que Wales cumpliría su promesa y rescataría a Elena.

**

Elena se agarró de la espalda de Wales y él la ayudó a trepar por la cuerda. Le resultó difícil el ascenso, le costaba sujetarse y la cabeza comenzaba a palpitarle. Su compañero la instaba a proseguir subiendo, pero una parte de ella no quería hacerlo.

Traspasó la baranda del barco y se aseguró de que Wales terminara de subir tirando de su brazo herido mientras el marinero se aferraba a la cuerda con la otra mano.

En la cubierta de El Cazador no se veían luchas. Sus compatriotas ayudaban a los marineros heridos a bajar por la escotilla. Fernando era uno de los que estaba ayudando. La sangre se había esparcido por sobre los tablones y los piratas muertos yacían en silencio. Una de las velas estaba rasgada y pendía hacia abajo ondulante y frenética azotada por el vendaval.

**

Esteban había terminado de revisar el barco pirata y subía por la escotilla sosteniendo la espada con su mano izquierda, con la que era más hábil a pesar de sus dedos faltantes. No había encontrado prisioneros ni demasiados piratas contra los que enfrentarse, aunque había matado algunos. Subió a cubierta y vislumbró más cuerpos que hombres peleando. Pasó sobre dos piratas tendidos en el piso con la serenidad de estar haciendo una ronda de inspección. Sus músculos se pusieron tensos de pronto al distinguir a uno de sus camaradas sitiado en el piso, por la vestimenta supo sin lugar a dudas que el hombre que lo apresaba era un pirata. Se apresuró a acercarse esquivando algunos combates que aún se sucedían. Empujó al pirata a un lado, este salió corriendo. El joven marinero tomó un revólver que divisó en el piso y disparó a su enemigo. El impacto alcanzó al hombre en la cintura y lo derribó.

Esteban reconoció al capitán Himcalde tendido en el piso con la sangre cubriéndole el rostro. Lo ayudó a incorporarse y limpiarse, tenía unos cuantos cortes superficiales, pero que requerían atención. Haciendo que se apoyara en él, Esteban llevó al capitán hasta el palo mayor donde se habían agrupado otros heridos. Reconoció la voz de Teodoro a su espalda, pero no llegó a comprender lo que decía. Surgieron, al grito de guerra, una docena de piratas de la popa del barco.

—¿A ver cuánto aguantáis, muchacho? —le dijo Teodoro colocándole una mano en el hombro.

Esteban ya estaba habituado a esos comentarios y le sonrió a su compañero antes de enfrentarse a sus enemigos.

**

Elena le cambió a Wales la venda que cubría su herida con un trozo de la manga de su propia camisa. Le apretó el nudo con la mayor fuerza de la que fue capaz. Y permaneció sentada a su lado. Se llevó una mano al pecho buscando la cruz de plata sólo para comprobar que ya no la tenía.

Giró el cuerpo para observar la cubierta del otro barco. Ismael clavaba su espada en el pecho a un pirata que arrodillado imploraba por su vida. Esteban y Teodoro peleaban a la par, espalda contra espalda, contra los pocos enemigos que aún respiraban. Escuchó un golpe seco, Fernando había arrojado un tablón de varios metros para unir ambos barcos y cruzaba el abismo a grandes zancadas. Volvió enseguida cargando a Julio que tenía una pierna sangrando.

Elena cerró los ojos. Se sentía mareada y adolorida. Le resulta imposible ponerse de pie. Miró a Wales que se había desmayado a su lado. Le tocó el rostro, la temperatura corporal era alta. Buscó a Fernando con la vista para pedirle ayuda. El marinero estaba corroborando el pulso de otro de sus compañeros que estaba tendido contra el palo mayor.

Fernando se puso de pie moviendo la cabeza en una negación. Elena separó los labios para llamarlo. Un pirata apareció corriendo hacia el marinero. Ella se levantó de golpe. Corrió tomando una daga que divisó sobre cubierta. Ambos llegaron en simultáneo. El marinero se volteó. Elena contempló sus ojos. Clavó la hoja en la espalda del pirata. Los dos hombres cayeron al piso. Elena también cayó por el impulso. Se arrastró hasta Fernando rodeando el cuerpo del pirata. El marinero tenía los ojos abiertos y contemplaba el vacío. Ella intentó en vano cubrir el corte en la garganta.

## ~~ 20 ~~

La batalla había concluido, pero aún quedaba mucho por hacer antes de descansar. Luego de curar a los heridos y ubicar a sus muertos sobre cubierta a estribor, las tareas se repartieron según las indicaciones de Teodoro. A algunos les había tocado acumular los cuerpos de los piratas en el Tagurvias y a otros recoger los víveres, armas y objetos de utilidad del barco enemigo. Elena y Esteban tuvieron la tarea de vaciar el camarote del capitán Alfonso y llevarlo todo al de Augusto.

—Los mapas, libros, y cualquier otro papel escrito van en aquel baúl —le indicó Esteban, señalando un rectángulo cubierto por una manta bordo, una vez que ya hubieron trasladado todo a El Cazador.

Elena dejó los mapas que cargaba en el piso, se agachó, corrió la tela y abrió el enorme baúl que, para su sorpresa, estaba vacío. Sabía que, en ese momento, el capitán Himcalde estaba al timón, poniendo rumbo lejos del Tagurvias, que habían dejado anclado. Mientras, los marineros terminaban de guardar en la despensa el botín recuperado, ni oro ni prisioneras encontraron a bordo, sólo provisiones para el viaje de retorno, además de unos cuantos barriles de licor, una noticia que llegó enseguida a oídos de toda la tripulación. También habían recogido las armas que los piratas habían usado contra ellos, manchadas con la sangre de los marineros de El Cazador, que Teodoro y Julio limpiaban en silencio sentados en la proa. Ella estaba en el camarote de Augusto con Esteban, pero tenía pleno conocimiento de que pasaba en cada esquina del barco. Esta vez había prestado atención a las indicaciones que Teodoro le había dado a todos y había registrado en su mente las acciones de cada tripulante mientras trasladaba el contenido de una nave a la otra.

Acababa de cerrar el baúl, luego de haberlo llenado casi por completo, cuando escucharon silbidos a un ritmo de intervalos regulares.

—Ven, apuraos —le dijo Esteban y ella corrió tras él, atravesando la cubierta y trepando las jarcias firmes hasta el carajo.

Vio a Teodoro sobre cubierta, era él quien producía la clave sonora con el silbato, el mismo elemento que le había entregado a ella antes de descender en la Isla Alvera y que Elena aún llevaba enlazado en su muñeca.

—Sosteneos —le dijo Esteban.

En seguida sintió la sacudida a la vez que escuchaba el estruendo de los cañones disparar. Los lanzamientos impactaban contra el barco pirata. El mar se iba comiendo al Tagurvias, como si fuera un calamar gigante que abrazaba al navío reclamándolo para sí.

Ellos dos no eran los únicos que contemplaban el espectáculo, sobre cubierta los demás marineros habían detenido sus tareas para observar el acontecimiento. Era una sensación gratificante para ella poder sentirse al fin, y por completo, integrante de El Cazador. Haber probado su valor y merecer ser parte de aquella empresa.

**

El Cazador había continuado alejándose luego de disparar los cañones hasta soltar anclas a varias millas del hundimiento. Los marineros realizaban los preparativos para arrojar los cuerpos de sus camaradas al mar.

Elena pidió permiso para ser ella quien vendara el rostro de Fernando. Se acercó a él y comenzó a envolverlo con la cinta de tela. Empezó por el cuello, como debía hacerse. Esteban la ayudaba sosteniendo la cabeza en alto, a su alrededor otros hacían lo mismo con veintiocho cuerpos más.

Rozó el corte en el cuello de Fernando, luego su mentón cuadrado y su nariz pequeña mientras contemplaba sus ojos avellana al igual que los de Glhen. Mojó un trapo en el cuenco con agua que tenía cercano a ella y limpió la sangre seca de su frente.

Mantuvo los párpados cerrados durante el discurso de Augusto.

—Se reencontrarán con sus seres amados libres de culpas —dijo el capitán Himcalde y todos los marineros repitieron sus palabras.

Los hombres se posicionaron para echar los muertos al agua. Elena ayudó a levantar el cuerpo de Fernando y arrojarlo al mar. El silencio cobró protagonismo sobre la cubierta de El Cazador.

**

Horas más tarde, Augusto salió de su camarote luego de comentar con Teodoro el estado del barco y hacer recuento de los hombres que habían perdido anotando la lista de nombres en la bitácora. El sol se estaba poniendo, bañando el horizonte de un manto naranja y reflejándose en la superficie del océano.

La mayoría de los marineros estaban ya sobre los tablones de madera en espera del acontecimiento venidero. Teodoro hizo sonar el silbato a su espalda y más hombres surgieron de la escotilla. Su hijo bajaba las escaleras del puente de mando a la par que los marineros dejaban de lado sus posturas holgadas y se formaban a babor y estribor con los rostros de cara al capitán, que se había ubicado junto al palo mayor.

—Ha llegado el momento de pedir perdón —dijo.

Augusto dirigió su vista a Elena, que se encontraba a babor flanqueada por Wales y Esteban. Sentía como los cortes palpitaban en su rostro mientras se acercaba a ella. Le hizo una seña para que se colocara a su lado en el centro de las miradas. La muchacha tenía sus ojos azules fijos en él, ignorando al resto de la tripulación. El capitán notó como por un instante ella desviaba la vista a Teodoro que se encontraba a su espalda sosteniendo el frasco de vidrio con las monedas de oro.

—Todos habéis cumplido —comenzó su discurso—, hoy no debéis sentiros en falta. —Mientras hablaba se giraba para que todos pudieran observarle de frente—. Hemos expiado una vez más nuestras culpas.

El silencio impregnaba el barco. Augusto era el único en moverse; aquella ceremonia era más dolorosa que la batalla en sí. Equivalía a recordar, a revivir el tormento a voluntad.

—En el día de hoy reconoceré la labor de nuestra nueva tripulante. —Dejó de recorrer a sus hombres con la vista y se dirigió a Elena—. Merecéis ser la primera —le dijo tomando una de las monedas del frasco y entregándosela.

Luego de que él agarrara otra de aquellas piezas de oro, Teodoro comenzó a recorrer la cubierta para que cada marinero sacara una para sí. Finalizado aquello, Augusto se aproximó a la barandilla de estribor señalándole a Elena que lo siguiera. El capitán sostuvo la moneda dorada frente a sí y elevó la vista al horizonte.

—Es una forma de conmemorar a quienes hemos perdido a causa de los piratas. —Augusto colocó una mano sobre el hombro de la joven—, pronunciad sus nombres y arrojadla al mar.

Ella extendió su mano fuera del barco.

—Madelein, Glhen… madre —la escuchó decir.

Él también extendió su mano girando la muñeca y dejando caer parte de su dolor al mar, a la vez que pronunciaba el nombre de su esposa. Sacó otra moneda del bolsillo de su pantalón y elevó la vista al horizonte. Pronunció el nombre del marido de Bárbara y arrojó la pieza de oro que ella le había entregado en la reunión en la posada diciéndole “arrojadla por mí”, como hacía siempre.

Una tras otra las monedas chocaban contra la superficie azul y se hundían, acompañadas del eco de más de un centenar de nombres. El capitán posó su vista sobre Elena, su piel tornasolada y un lunar junto a la oreja eran herencias de Sofía, esa mujer que él, aún muerta, seguía amando con total entrega y respeto.

—Me encuentro bien, madre —la escuchó susurrar y no pudo evitar rodear sus hombros con un brazo.

**

Ismael entró en su camarote. La noche había caído al fin y estaba ansioso por dormir dejando la batalla y las muertes detrás en el tiempo. Elena estaba allí, desatándose la trenza, de pie junto a su cucheta. Era consciente que para ella aquel día debía haber sido más agotador que para los demás por no estar habituada. Se quitó las botas apoyándose en su escritorio sin dejar de observarla.

—¿Os encontráis bien? —le dijo acercándose a ella al notar lágrimas en sus ojos.

Ella no le contestó. Él notaba que evitaba mirarlo tomando unas ropas de la cucheta y acomodándolas en el ropero, demorándose más del tiempo necesario.

—Decidme —la instó de forma cariñosa rodeándola con los brazos.

Ella permaneció callada correspondiendo a las manos de él en su cintura con las suyas propias.

—Decidme —le susurró una vez más al oído y besó su cuello.

—No conozco el nombre de mi madre.

Ismael se apartó de ella y se dirigió hacia el otro extremo del camarote, tomó un libro de cubierta verde de la estantería y volvió junto a Elena, que lo observaba con intensidad. Abrió el ejemplar por la mitad y sacó una imagen en blanco y negro de entre las páginas escritas extendiéndola para que ella la tomara. Permaneció en silencio observando su rostro a sólo un brazo de distancia.

Ella bajó la vista a la imagen que tenía en sus manos.

—Tenía los ojos azules como tú.

—Parecían felices —dijo ella, acariciando el rostro de la mujer en la imagen.

—Lo eran… en esa época.

—¿La extrañáis?

—Apenas si la recuerdo.

—¿El capitán…?

—Ha hecho todo esto por ella.

—Siento que este es mi hogar.

—Para todos los que estamos a bordo.

Ismael quería hablarle, contarle en detalle los hechos ocurridos en todos esos años, los esfuerzos de su padre y los temores que le impedían revelar la identidad de Elena.

—¿Cuándo se la llevaron…?

—Pasaron dos años hasta que la encontraron por azar y mi madre dijo que —se atragantó y tuvo que esforzarse por acabar de hablar—. Dijo que acababa de teneros.

Una vez más Ismael se había perdido en aquel recuerdo de su infancia en que se aferraba al cuerpo sin vida de su madre.

—Creo comprender por qué no sería conveniente que se sepa mi relación sanguínea con la viuda del capitán.

Él se acercó, le acarició las mejillas y la besó.

—Te amo.

Sus ojos estaban tan cercanos que se confundían con los del otro.

—No es nuestra culpa, no lo sabíamos —le dijo.

Ella se quedó contemplando la imagen que tenía en la mano, acariciando la silueta de la mujer parada al lado de Augusto.

—Sofía —le susurró Ismael y ella levantó el rostro para mirarlo.

Él la tomó del mentón y la besó una vez más.

## ~~ Epílogo ~~

Augusto estaba de pie en el puente de mando, observando el mar a estribor. Era de noche y habían soltado anclas hacia mitad de la tarde. Unas buenas horas de sueño y un día libre de ocupaciones le era merecido a toda la tripulación. La luna lucía limpia como un espejo recién pulido, el vendaval había remitido y la brisa mecía el barco acariciando la madera con su susurro. El capitán observaba el mar ajeno al océano, sumido en la desesperanza del pasado y la esperanza del futuro.

Un recuerdo ajeno e imaginario lo entristecía. Podía ver la imagen de su esposa Sofía, a la que Elena se parecía en demasía con sus ojos azules y sus labios pequeños, encerrada en la celada de un barco. Sentía la pestilencia que la rodeaba y el temor que ocupaba su respiración mientras acariciaba su vientre abultado tarareando una canción de cuna. Aquella nana que tantas noches Augusto había escuchado como su esposa le cantaba a su hijo Ismael mientras lo acunaba en sus brazos.

—“Alta en el cielo resplandece la luna/ vagan en la noche sombras vanas;/ en el silencio, ladran los perros, / brillan las mil y una estrellas, / resplandece la luna" —le recitaba el capitán a la noche, al recuerdo de la mujer que aún amaba.

La distancia del tiempo se deshacía bajo aquella luna. La briza marítima le trajo el susurro de un pétalo de cerezo desde donde su esposa le transmitía su apoyo y donde él también se posaría un día a contemplar el mar por toda la eternidad.

El futuro era incierto, pero una imagen se iba formando en su mente. Un deseo quizás, si la providencia podía darle ese consuelo. Estar sentado en la sala de su casa, en un sillón de terciopelo, frente al fuego crepitante mientras que por el gran ventanal que daba al jardín se veía caer la lluvia en la oscuridad de la noche. Las llamas danzaban sobre los leños de la chimenea, mientras él, con el pelo canoso y las arrugas surcándole el rostro, relataba la historia de cómo había conocido a Sofía. Dos pequeños, de ojos azules, lo escuchaban sentados en la alfombra frente a él.

E-mail:
jesicasabrinacanto@gmail.com

Web:
jesicasabrinacanto.wixsite.com/sitio

Facebook e Instagram:
Jesica Sabrina Canto

www.ingramcontent.com/pod-product-compliance
Ingram Content Group UK Ltd.
Pitfield, Milton Keynes, MK11 3LW, UK
UKHW041857190726
13854UKWH00002B/953